LES RATS

JAMES HERBERT

LES RATS

LIBRAIRIE DES CHAMPS-ÉLYSÉES

THE RATS

TRADUIT DE L'ANGLAIS PAR JACQUELINE HUET

PROLOGUE

LA vieille maison était inhabitée depuis plus d'un an. Solitaire et grise, elle se dressait au bord d'un canal désaffecté, à l'écart de la route dont la séparait une végétation retournée à l'état sauvage. Nul ne s'aventurait jamais dans les parages, elle ne suscitait plus guère d'intérêt. Les gamins du voisinage avaient bien entrepris de casser quelques carreaux, mais eux-mêmes avaient fini par se lasser du silence qui, seul, faisait écho au fracas du verre brisé. Quant aux autres, leur ultime manifestation d'intérêt remontait au jour où l'on avait emmené la vieille femme.

On savait qu'elle vivait seule depuis la mort de son mari, qu'elle ne sortait jamais et qu'il était rare de l'apercevoir jeter un regard à travers des rideaux de dentelle. Elle n'écartait jamais les rideaux, se contentant de regarder au travers, et pour peu que quelqu'un eût songé à lever les yeux, il n'aurait aperçu qu'une silhouette vague et spectrale. Livrée une fois la semaine, ses provisions étaient déposées devant la porte de service. Aux dires de l'épicier du quartier, la banque de la vieille réglait chaque trimestre ses achats, sans jamais vérifier la conformité de ses livraisons — ce qui faisait bien son affaire. On lui avait tout d'abord remis une liste des produits qu'il aurait désormais à livrer régulièrement, mais qu'il oubliât une livre de beurre ou un kilo de sucre par-ci par-là, personne ne s'en apercevait — personne ne se plaignait.

Cela ne l'empêchait pas d'être curieux. Il avait eu affaire à elle, à l'occasion du vivant de son mari mais, même alors, elle n'avait pas grand-chose à dire. Ils formaient une curieuse paire, ces deux-là. Ils ne sortaient jamais, ne recevaient jamais. Et ce n'était pas faute d'avoir des moyens vu qu'après un long séjour à l'étranger, le mari n'avait jamais eu l'air de travailler depuis leur retour. Puis le vieux était mort, l'épicier ne savait pas au juste de quoi, les suites d'une maladie tropicale, en tout cas, qu'il avait attrapée là-bas. Personne n'avait jamais revu la vieille depuis lors. Un jour, l'épicier l'avait entendue crier, mais il ne sut jamais à qui elle en avait.

Les gens s'étaient mis à se poser des questions. Telle nuit, c'étaient des gémissements qu'on avait cru entendre s'échapper de la maison ; telle autre, des rires et, pour finir, le silence total pendant plus d'un mois.

Ce fut seulement quand l'épicier eut retrouvé intacte, sur le pas de la porte, sa livraison de la semaine précédente, qu'il se résolut, à contrecœur, à prévenir la police. A contrecœur, parce qu'il craignait le pire et se désolait de voir lui échapper une bonne petite commande régulière.

En définitive, elle n'était pas morte. Un agent était venu enquêter et puis une ambulance s'était amenée qui l'avait embarquée. Elle n'était pas morte, seulement folle. Pour ce que ça changeait pour l'épicier, elle aurait aussi bien pu mourir : finie la petite combine peinarde. C'était trop beau...

Ainsi la maison était-elle vide. Personne n'y entrait, personne n'en sortait, personne ne s'en souciait. En un an, elle était devenue pratiquement invisible depuis la route. Les broussailles étaient hautes, les buissons épais, et les arbres masquaient l'étage supérieur. Les gens perdirent peu à peu conscience de son existence.

8

1

L'ALCOOL tuait lentement Henry Guilfoyle. Cela faisait six ans qu'il buvait, il avait commencé à quarante ans. Il connaissait alors la réussite comme représentant d'une papeterie des Midlands, étant sur le point d'être promu directeur régional. L'ennui, c'est qu'il connut l'amour sur le tard et, comble de malheur, il lui fut inspiré par l'un des jeunes gens qu'il avait sous ses ordres. Il s'était chargé de la formation du jeune Francis pendant cinq semaines, l'emmenant avec lui dans ses tournées à travers le pays. Pour commencer, il n'avait pas été sûr que le jeune homme partageât ses inclinations mais, au fur et à mesure qu'il apprenait à le connaître, la timidité et la douceur réservée de son protégé avaient comme dissipé l'incroyable écart qu'il avait toujours ressenti entre lui et les autres hommes.

Pourquoi Francis avait décidé de devenir représentant, il ne le découvrit jamais. Il n'avait pas l'étoffe. Guilfoyle savait tenir son rôle au sein de n'importe quelle compagnie masculine. Il pouvait poser au parfait représentant à l'esbrouffe ; les plaisanteries cochonnes, le clin d'œil rusé, les grandes claques dans le dos — tous les trucs du métier — lui servaient à masquer les imperfections de sa virilité. C'était un bon acteur.

Francis, c'était autre chose. L'ombre de son homosexualité semblait peser sur toute sa personnalité pour l'amoindrir, la culpabilité teignant tout son caractère. Mais il voulait s'affirmer, se faire accepter et il avait choisi une carrière qui lui ferait oublier sa propre personnalité en reflétant celle des autres.

Ils avaient passé la troisième semaine dans un petit hôtel de Bradford. Il n'y restait plus que des chambres pour deux, et ils en avaient choisi une avec des lits jumeaux. Un jour, après déjeuner, ils entraînèrent un client dans l'inévitable boîte de strip-tease du coin et passèrent tout l'après-midi à boire. Dans la pénombre de cette cave que l'existence d'un bar et d'un droit d'entrée permettait de baptiser club, Guilfoyle avait observé Francis.

Le jeune homme regardait bien les filles, mais sans que son visage fût empreint de cette concupiscence complaisante qui se lisait sur celui du client — et sur le sien, à lui, Guilfoyle, naturellement. Et quand l'effeuilleuse avait rejeté les ultimes paillettes d'or, il avait assené une claque sur la cuisse du garçon, sous la table, avec un enjouement calculé, laissant sa main s'attarder, rien qu'un instant, mais assez pour que leurs yeux se rencontrent. Alors, il sut ! Qui dira ce moment radieux de la certitude ?

Il y avait bien eu quelques indices dès la fin de la première semaine. De petits tests imaginés par Guilfoyle. Rien d'osé, rien qui eût risqué de provoquer la moindre gêne en cas d'erreur. Mais c'était bien cela, il ne s'était pas trompé. Il savait. Il avait vu le sourire dans les yeux du garçon, pas de surprise ou d'appréhension, moins encore de crainte.

Le reste de l'après-midi passa comme dans un rêve. Son cœur battait à tout rompre chaque fois qu'il regardait le jeune homme. Il n'en continua pas moins à jouer la comédie à la perfection. Vulgaire et laid, surtout laid, son client ne se douta jamais de rien. Ils étaient des hommes dans un monde d'homme, reluquant les mamelles hypertrophiées de femelles difformes. L'autre n'était qu'un gamin, bien sûr, mais ils lui avaient fait voir comment se comportent des hommes, des vrais, quand on leur met sous le nez des

10

cuisses nues et des tétons charnus. Guilfoyle vida son verre de scotch, rejeta la tête en arrière et se mit à rire.

· De retour à l'hôtel — que Guilfoyle avait choisi en connaissance de cause — le jeune homme vomit. Il n'était pas habitué à boire et Guilfoyle l'avait abreuvé de whisky tout l'après-midi. Il n'était pas loin de le regretter, maintenant. N'avait-il pas exagéré ? Francis avait vomi dans le taxi qui les ramenait puis, de nouveau, dans la chambre, dans le lavabo. Guilfoyle avait demandé qu'on leur monte du café noir et en avait fait ingurgiter trois tasses au garçon à demi inconscient. Sa veste et sa chemise étaient maculées et Guilfoyle les lui retira tendrement avant de frotter les taches avec de l'eau chaude.

Alors Francis se mit à pleurer.

Il était assis sur son lit, la tête dans les mains, ses pâles épaules secouées de sanglots convulsifs. Une boucle de cheveux blonds retombait sur ses doigts longs et fins. Guilfoyle vint s'asseoir près de lui et lui entoura l'épaule du bras. La tête du garçon roula sur la poitrine de Guilfoyle qui se mit à le bercer entre ses bras.

Ils demeurèrent ainsi longtemps, le plus âgé berçant le plus jeune comme s'il se fût agi d'un enfançon, jusqu'à ce que ses sanglots fissent place à un gros soupir occasionnel.

Guilfoyle déshabilla lentement Francis et le mit au lit. Il le regarda un moment puis se dévêtit à son tour. Il se glissa à côté du garçon et ferma les yeux.

Guilfoyle n'oublierait jamais cette nuit. Ils avaient fait l'amour, et le jeune homme l'avait surpris. Il n'était pas aussi innocent qu'il en avait l'air. Quoi qu'il en soit, Guilfoyle était tombé amoureux. Il connaissait les risques. On lui avait raconté des histoires d'hommes mûrs avec des jeunes gens. Il connaissait la fragilité de ces liaisons. Mais il était heureux. Pour la première fois, après avoir fait l'amour avec un homme, il se sentait propre. Finis les sentiments de culpabilité, de dégoût, de mépris de soi-même. Il se sentait libre — et vivant, plus vivant qu'il ne l'avait jamais été.

Ils avaient regagné la boîte munis d'une commande appréciable du client de Bradford. Et tout s'était bien passé pendant un certain temps.

Guilfoyle s'attendait à être nommé directeur régional dans les semaines à venir, les grosses commandes se succédaient et il voyait Francis chaque jour et la plupart des nuits.

Puis lentement d'abord, les choses se mirent à changer. Ses cadets semblaient perdre peu à peu le respect qu'ils lui devaient. Pas grand-chose, mais quelques répliques impertinentes. Quant à ses collègues plus âgés, ils semblaient ne plus avoir grand-chose à lui dire. Ils ne l'évitaient pas vraiment mais, à son approche, les conversations se faisaient soudain plus contraintes. Il mettait cela sur le compte de sa promotion imminente : ils ne savaient plus très bien comment en user avec lui.

Puis il surprit deux dactylos à chuchoter derrière son dos. La vieille Miss Robson, la vieille fille du bureau, ne lui adressait plus la parole.

Et le jour fatidique arriva. Rentrant du déjeuner qu'il prenait toujours à sa table réservée au pub du coin, quand il n'était pas en déplacement, il était allé aux toilettes du personnel. Pantalon baissé, assis sur la lunette, il entreprit de rêver à une opération qu'il se proposait de lancer une fois qu'il aurait été nommé directeur.

Ses yeux tombèrent sur la porte. Il se raidit. Elle était couverte de graffiti. Tous les visaient. Le premier avait manifestement donné naissance à une espèce de jeu-concours, puisque tous les autres s'étaient vu attribuer une note. Les dessins obscènes le représentaient tous, lui (croyait-il) en compagnie de Francis — là, il n'y avait aucun doute, c'était bien Francis, mince, le front barré d'une longue mèche. Des caricatures ridiculisant ses amours. Hideux dessins.

Le sang lui afflua au visage, les larmes emplirent

ses yeux. Comment pouvaient-ils ? Comment pouvaient-ils détruire ainsi leur précieux amour. Minables petits salauds qui venaient ici griffonner leurs saletés sur la porte en ricanant.

Il resta là, assis, pendant une demi-heure, pleurant en silence. Il finit par comprendre à quel point il devait avoir l'air ridicule, pathétique : un homme d'âge mûr, amoureux d'un jeune garçon, assis dans les toilettes, le pantalon sur les chevilles, sanglotant sur des dessins, des mots qui ne comprenaient rien de sa vie.

Il rentra chez lui — il ne se sentait pas capable d'affronter le bureau, les ricanements étouffés de ses soi-disant amis. Il but une bouteille de scotch.

Ce fut le début de sa déchéance. Il retourna au bureau le lendemain mais, désormais c'était différent. Il était sur ses gardes. Il décelait des intentions malveillantes dans toutes les remarques qu'on lui adressait.

Il rentra déjeuner chez lui, ce jour-là, et acheta une nouvelle bouteille de scotch en chemin.

Deux semaines plus tard, il commençait à se reprendre quand Francis partit brusquement. Il n'avait pas dit au-revoir, laissant simplement un petit mot par lequel il expliquait qu'il ne pouvait plus supporter les tracasseries de ses collègues.

Il se rendit chez le jeune homme mais la mère de Francis lui fit une scène hystérique et il comprit que c'était fini. C'est quand elle parla d'en appeler à la justice qu'il comprit. Francis était très jeune.

Dès lors, son déclin s'accéléra. Il perdit toute chance de promotion mais ne sut jamais si c'était à cause de sa réputation ou parce qu'il lui arrivait rarement de dessoûler, désormais. Les deux jouèrent probablement leur rôle.

Il démissionna et partit pour Londres, pour se perdre dans la foule innombrable de ceux que la vie avait meurtris autant que lui. Cela faisait donc six ans qu'il travaillait peu mais buvait avec régularité, jusqu'à son dernier sou. Il ne comptait plus les chambres minables dont il s'était fait jeter à la porte. Il trouvait de temps à autre à s'employer sur les marchés, surtout à Spitalfields, poussant des chariots, chargeant ou déchargeant des camions. Avec les quelques sous qu'il gagnait ainsi, il achetait de l'alcool frelaté. Il dormait n'importe où. Un temps, il avait été en mesure de satisfaire ses penchants sexuels dans de vieux cinémas poussiéreux, assis à côté d'hommes de son espèce. A deux reprises seulement, cela avait mal tourné ; une première fois en douceur, avec quelques menaces murmurées, la seconde fois avec force hurlements et moulinets de poings fermés, les yeux de toute la salle se fixant sur sa honte.

Mais il était trop mal soigné, désormais, pour prétendre même à cela. Ses vêtements empestaient, son corps était imprégné de la crasse récoltée sur les marchés et dans les abris où il dormait. L'alcool à bon marché qu'il buvait avait brûlé ses derniers désirs.

Une seule chose comptait encore pour lui : mettre suffisamment de côté pour pouvoir s'acheter un peu d'oubli.

Il avait travaillé dur, cette semaine-là. Il avait réussi à faire taire son besoin d'alcool pour être en mesure de s'acheter une bouteille entière de méchant gin, le samedi venu. Comment avait-il survécu, il ne le sut jamais ; mais le fait était qu'il y parvint, s'accrochant à l'image d'une bouteille de gin, perpétuellement présente dans son esprit. Et maintenant, traînant la savate par les rues sombres qui longent les docks, il buvait à s'en faire valser la tête, la démarche toujours plus indécise.

Par une fenêtre à demi arrachée, il pénétra dans une maison que les services d'hygiène n'avaient pas encore rasée. Trébuchant sur les piles de décombres, il gagna l'arrière de la maison pour être à l'abri du coup de lampe-torche éventuel d'un policier désœuvré.

Il s'assit dans un coin de ce qui avait dû être la cuisine. Avant même que la bouteille fût vide, il sombra dans une torpeur alcoolique.

Les heures passèrent. Guilfoyle s'éveilla en sursaut. Son esprit embrumé venait d'enregistrer quelque chose mais il ne savait quoi. Il eut le temps de vider la bouteille avant de sentir une douleur aiguë dans sa main gauche. Portant la main à la bouche d'un geste brusque, il entendit quelque chose qui détalait. Il jeta la bouteille dans la direction d'où venait le bruit quand il eut reconnu le goût du sang sur le revers de sa main. Elle se mit à l'élancer, et le goût de son propre sang poisseux lui donna un haut le cœur.

Il roula sur le côté, l'alcool recommençant à faire son effet, le corps agité de soubresauts.

Soudain, il sentit de nouveau la douleur dans sa main gauche étendue. Il poussa un hurlement aigu quand il comprit que quelque chose avait entrepris de lui grignoter les tendons. Il tenta de se mettre debout mais ne put que trébucher et s'abattre lourdement, se meurtrissant le côté du visage. Portant de nouveau la main à son visage, il sentit que quelque chose de chaud s'y accrochait. Quelque chose de lourd.

Il secoua la main pour s'en débarrasser mais ne put, cette fois, lui faire lâcher prise. Il tenta alors de l'arracher avec son autre main et sentit un pelage dru sous ses doigts. Malgré sa panique, il comprit la nature de l'horrible morsure : c'était un rat qui le tenait, mais un gros, un très gros rat. On aurait pu le prendre pour un petit chien, mais il ne grognait pas, ne donnait pas de coup de pattes, se contentant de lui labourer l'avant-bras de ses griffes tranchantes comme des lames de rasoir.

Il fit un nouvel effort pour se relever quand il sentit une seconde douleur à la jambe. Il hurla.

Il eut l'impression que la douleur grimpait tout au long de sa jambe jusqu'aux testicules. Encore des dents qui s'enfonçaient dans sa cuisse.

Une fois debout, il sentit des pattes courir sur tout

son corps. Baissant la tête pour tenter d'apercevoir ce qui pouvait bien grimper aussi vite sur lui, il reçut de plein fouet une haleine tiède et fétide. Destinées à sa gorge, de longues dents se plantèrent dans sa joue dont elles arrachèrent un gros morceau.

Il titubait à travers la pièce, battant l'air de ses bras, le sang giclant de son corps. Il crut avoir trouvé la porte, mais quelque chose de lourd lui sauta sur la nuque et le jeta de nouveau par terre.

Des rats! Ce mot hurlait dans sa tête. Des rats le dévoraient vivant! Dieu, mon Dieu, au secours!

La chair de sa nuque fut arrachée par lambeaux. Il ne pouvait plus se relever, désormais, il y avait trop de rats sur son dos, mangeant sa chair, buvant son sang.

Des frissons parcouraient son échine jusqu'à son cerveau hébété. Des ombres vagues s'agitaient devant lui quand sa vision sembla s'empourprer. C'était la pourpre d'une douleur inimaginable : il ne voyait plus — les rats lui avaient déjà dévoré les yeux.

Alors il ne sentit plus rien. Son corps s'enduisit d'une espèce de douceur. Il mourut l'esprit vide, sans même une dernière pensée pour son bien-aimé, pour Francis qu'il avait presque oublié. Rien que cette douceur, plus de souffrance ; il était au-delà de la souffrance.

Les rats s'étaient repus de son corps. Mais la faim les tenailla bientôt. Alors ils se mirent en quête d'un nouveau festin.

Ils avaient goûté au sang de l'homme.

2

« C'EST reparti, mon kiki », songeait Harris en parcourant la rue poussiéreuse qui conduisait à St. Michaels.

Encore une fichue semaine à faire la classe à ces petits connards. Professeur de dessin pour des petits salopards dont les plus belles œuvres ornaient les murs des chiottes ! Ah, nom de Dieu !

C'était la même chose chaque lundi. Les trois premières heures de la matinée étaient les pires. Vers l'heure du déjeuner ses élèves lui inspiraient déjà des sentiments plus chaleureux. Quelques personnalités intéressantes émergeaient de la foule terne. Thomas était intelligent. Barney avait du talent et Keogh, ma foi, Keogh était astucieux. On n'en ferait certainement pas un banquier ni un comptable, mais on pouvait être sûr qu'il ferait de l'argent. Pas forcément honnêtement, d'ailleurs, mais il s'en tirerait bien.

Harris se demandait ce qui pouvait bien distinguer ce garçon des autres. Keogh n'était pas réellement intelligent, selon les critères scolaires. Il ne payait guère de mine. Ni grand ni petit. Mais, à quatorze ans, il avait déjà une assurance, un panache qui le distinguaient de la foule. Elevé à la dure, peut-être. Mais c'était le cas de la plupart des autres gosses, dans ce coin de Londres. Comment en aurait-il été autrement, dans les docks ? Le père ouvrier d'usine ou docker, la plupart des mères travaillant elles aussi, de telle sorte que les gosses regagnaient, le soir, des foyers déserts. Quand les parents finissaient par rentrer, ils n'avaient guère de temps à leur consacrer. Et pourtant, c'était encore bien pire de son temps. Les salaires des dockers et des ouvriers d'usine avaient beaucoup augmenté, depuis son enfance. Ils gagnaient bien plus qu'un prof, désormais. La principale division entre classe ouvrière et classe moyenne restait l'accent, la façon de parler.

Il était originaire du même coin : l'East End n'avait pas de secret pour lui. Il se souvenait de ce jour, à l'université, où il avait parlé à des copains du quartier où il était né. « Comme c'est pittoresque ! » s'était écrié une fille. Pittoresque ! Enfin, c'était un point de vue. A trente-deux ans, il était de retour, enseignant le dessin à des petits fac-similés de ce qu'il avait été autrefois. Ils avaient essayé de lui en faire voir, au début, les petits salopards, parce que l'art, pour eux, c'était de l'amusette et, pour l'enseigner, il fallait être pédé, de toute façon. Mais il leur avait montré. Il leur était tombé dessus si vachement qu'ils n'osaient même plus chuchoter en sa présence. Trouver les meneurs, voilà le truc et puis leur montrer qui commandait.

Sans avoir à parler exactement leur langage, il n'était pas mauvais d'utiliser leur style. Une bonne baffe, par-ci par-là, pouvait faire des miracles. Parce qu'il était jeune, il avait fallu qu'il leur montre qu'il pouvait être vache. Quelle pitié ! Combien de fois avait-il dû se retenir de rire quand l'un des petits bandits avait tenté de lui faire baisser les yeux ! Il avait fini par gagner leur respect — oh, pas trop, ils en auraient profité — suffisamment pour qu'à leur tour ils se détendent un peu.

Keogh était la seule énigme. Il savait qu'il pouvait s'entendre avec le patron, ils le savaient tous les deux — mais un rire moqueur s'allumait dans les yeux de Keogh à chaque fois qu'ils étaient sur le point d'aboutir à la compréhension mutuelle, et il comprenait qu'il avait encore perdu.

Harris se demandait si cela en valait la peine. Les écoles où enseigner ne manquaient pas, mais il désirait aider ceux de son espèce. Non, ce n'était pas de la grandeur d'âme. Il était chez lui, dans son élément. Sans compter que les salaires étaient légèrement supérieurs dans les régions « déshéritées ». Quand même, Barney promettait. Peut-être qu'en parlant aux parents du gamin, ils consentiraient à l'envoyer aux Beaux-Arts...

La cloche de l'école interrompit ses rêveries. En passant la grille, il entendit des pas précipités dans son dos.

Deux filles gloussantes, en mini-jupe toutes deux, toutes deux les seins bondissants, toutes deux de quatorze ou quinze ans, filèrent à côté de lui.

« En tout cas, y a des avantages. » Il sourit tout seul.

La moitié de la première heure de cours était déjà passée quand Keogh entra. Il portait sa tenue habituelle, uniforme des gamins du coin : une chemise à carreaux à manches courtes, des pantalons ultra-courts découvrant en totalité de lourdes chaussures montantes.

— Bonjour, Keogh, dit Harris.

— ... jour.

Arrogant.

— Vous consentez à vous joindre à nous ?

Silence.

— Bon, qu'est-ce que vous allez inventer, cette fois-ci ? Des ennuis de matelas ? Il est devenu collant, pendant la nuit ?

Quelques filles gloussèrent et Harris regretta aussitôt ses sarcasmes. Ce n'était pas ainsi qu'il viendrait à bout de l'insolence de Keogh.

Silence encore.

« Bon Dieu, songea Harris, il est de mauvaise humeur. De mon temps, c'étaient les élèves qui se préoccupaient de l'humeur des profs. Et me voilà réduit à me demander si je ne l'indispose pas contre moi !

Alors il remarqua la main du gosse. Un gros mouchoir l'entourait sans arriver à stopper le sang qui en coulait.

— Vous vous êtes battu ? demanda doucement Harris.

— Non.

— Quoi, alors ? d'un ton plus sec.

— J'ai été mordu, répliqua Keogh, à contrecœur.

— Par quoi ?

Keogh s'absorba dans la contemplation de ses pieds pour masquer la rougeur qui lui venait au visage.

— Par une saleté de rat, dit-il.

3

HARRIS emmena Keogh au London Hospital pour y faire examiner la main du garçon. C'était l'occasion rêvée pour faire un peu mieux connaissance avec son élève et, n'ayant pas cours l'heure suivante, il en avait profité. Sur le chemin de l'hôpital, le jeune garçon s'était déjà montré plus détendu. Quand ils arrivèrent, on leur dit d'attendre dans la salle des pansements où régnait une grande animation.

— Alors, Keogh, comment cela est-il arrivé ? demanda Harris.

— J'étais en retard, alors j'ai pris le raccourci, par le canal, répliqua Keogh.

— Oui, je connais, dit Harris.

Le gamin leva les sourcils mais poursuivit :

— C'était juste sous le pont, vous savez, là où il y a une vieille baraque d'éclusier. Bon, ben y avait un chat crevé et deux rats qui étaient occupés à le traîner. Bon Dieu, si vous aviez vu ça. M'sieur ! Ils étaient aussi gros que le chat. En tout cas, il ne le mangeaient pas, c'était comme s'ils avaient voulu le traîner quelque part, vous voyez ? Alors je leur ai balancé une brique. — Il s'interrompit, examinant le mouchoir maculé de sang. — Au lieu de s'enfuir, les voilà qui se retournent et qui me regardent. J'en avais touché un des deux mais ça avait pas l'air de le déranger. Et alors, y m'ont attaqué, putain... oh, pardon ! Moi, je me suis mis à courir, pas. Mais y en a un qui avait eu le temps de me mordre la main. Je lui ai balancé un coup de pied qui l'a flanqué dans le canal, j'ai sauté par-dessus le mur et j'ai couru. Mais ce qui est marrant c'est qu'en me retournant, j'ai vu l'autre gaspard, assis sur le mur, à me regarder. A croire qu'il m'avait suivi, qu'il était grimpé sur le mur. En tout cas, moi je me suis tiré, et au trot !

Cette histoire de rats aussi gros que des chats fit sourire Harris. Une bagarre avec un chat, voilà ce que ça avait dû être, et l'imagination débordante du gamin avait fait le reste. Mais le mur qui longeait le canal était haut, d'après ses propres souvenirs de gamin et ç'avait dû être une petite affaire, même pour Keogh, de le sauter. Alors un rat ! Il existait bien des espèces arboricoles, capables de grimper, mais un mur de brique de deux mètres de haut. C'était quelque chose.

Il en était là de ses réflexions quand tous les yeux se tournèrent vers une jeune femme, en proie à l'hystérie, que deux ambulanciers aidaient à pénétrer dans la salle, un paquet de linges sanglants entre les bras. Une infirmière se précipita et tenta de lui prendre la petite forme des bras mais elle s'y accrochait sauvagement, le corps tout entier secoué de violents sanglots.

C'est alors que Harris comprit la nature de ce qu'elle portait. C'était un bébé. A en juger par l'aspect de son petit corps ensanglanté, il devait avoir cessé de vivre. Pauvre petit machin, songea Harris. Un médecin s'amena qui entreprit de calmer la pauvre femme en lui parlant doucement, sans faire mine de la soulager de son funèbre fardeau. Il finit par lui passer un bras autour de l'épaule et l'entraîna, aidé de l'infirmière qui s'était placée de l'autre côté.

Toute l'assistance restait sous le coup de ce drame. Il y eut un silence de quelques instants, puis tout le monde se mit à parler à la fois mais à voix très basse. Harris se tourna vers Keogh dont le visage s'était vidé de son sang et dont les genoux tremblaient.

« Pas aussi dur que tu voudrais le faire croire », songea-t-il, mais il ne dit rien.

Il s'écoula encore un bon moment avant qu'on ne les fasse entrer auprès du toubib, qui était très jeune, beaucoup plus jeune que Harris. « Si les docteurs et les flics me semblent des jeunots, c'est que je dois avoir vieilli », songea Harris.

— Bon, voyons ça, dit le médecin en entreprenant de débarrasser la main du garçon de son bandage de fortune. Un vilain bobo. — Il examina la morsure. — Qui est-ce qui t'a fait ça ?

— Un rat, répondit Harris pour Keogh.

— Encore ?

Le médecin se mit à nettoyer la plaie et Keogh ne put réprimer un sursaut.

— Comment, encore ? demanda Harris.

— La jeune femme qu'on a amenée, tout à l'heure, son bébé avait été attaqué par des rats. Salement amoché. — Le médecin répandit une pommade sur la blessure et entreprit de bander la main. — Mort, bien sûr, pas une chance de s'en tirer. La mère est fortement commotionnée, se croit responsable de ce qui est arrivé. Il a fallu l'anesthésier pour pouvoir soigner ses propres blessures.

Pendant quelques instants, Harris eut du mal à parler. Les malheurs des gosses lui faisaient toujours cet effet ; il en avait trop vu souffrir et ne pouvait rester indifférent.

Quand il put parler, il dit :

— Mais... c'est tout à fait anormal qu'ils attaquent des êtres humains, non ? Je sais bien qu'il leur arrive de s'en prendre à des nourrissons, ou alors d'attaquer des adultes, s'ils sont coincés, mais ce n'est pas la même chose. Dans le cas de ce garçon, ils avaient parfaitement la possibilité de s'enfuir. Mais ils ne l'ont pas fait. Ils ont choisi d'attaquer.

— Oui, je sais, dit le médecin tout en prenant une seringue sur un plateau métallique. Ce ne sera rien. — Il sourit à Keogh. — Rien qu'une piqûre et tu files. Si j'ai bien compris le récit des ambulanciers, ils ont tué le chien de la famille, avant d'attaquer le bébé. Ils l'ont mis en petits morceaux, d'après les voisins qui sont entrés après coup. Les rats eux-mêmes avaient disparu, à l'exception de quelques carcasses aux trois quarts rongées — probablement celles des rats tués par le chien et que leurs congénères avaient dévorés dans un accès de cannibalisme. La porte de la cave était entrouverte mais personne n'a osé s'y aventurer. Je suppose que cela regarde désormais la police. — Il déposa la seringue dans un cristallisoir. — Et voilà. Revenez demain pour que nous puissions nous rendre compte de l'évolution, d'accord? Il se tourna vers Harris. — Tout cela est extrêmement étrange. Nous avons toujours eu à traiter quelques cas de morsures de rats, voire de maladies induites par ces morsures, vu le quartier, c'est normal, mais rien de semblable à ce qui se passe aujourd'hui. C'est parfaitement incroyable. Espérons qu'il ne s'agit que d'incidents isolés et rien de plus.

En sortant de l'hôpital, Harris constata que Keogh tremblait encore.

— Qu'est-ce qu'il y a? Vous avez été secoué, hein? demanda-t-il gentiment.

— Non, c'est pas ça. J' me sens pas très bien, c'est tout.

Il passa sa main valide sur son front.

« Tire-au-flanc? » se demanda Harris. Non, il était réellement un peu pâle, et il n'aurait pas pu faire semblant de transpirer! C'était peut-être les suites normales de l'injection.

— Bon, eh bien, rentrez vite chez vous, et reposez-vous encore demain si vous ne vous sentez toujours pas bien. Mais n'oubliez pas d'aller à l'hôpital leur montrer votre main.

Harris était sûr de ne pas revoir Keogh le lendemain, il n'était pas de ceux qui ratent une occasion de manquer l'école. Bah! il avait été comme ça, lui aussi. Un jour de congé supplémentaire, ça ne se refusait jamais.

24

— Salut ! lança Keogh avant de disparaître au premier tournant.

Sur le chemin qui le ramenait à l'école, Harris songeait à ces histoires de rats et à leurs implications possibles. Il avait rencontré beaucoup de ces créatures répugnantes quand il était enfant. Il se souvenait du jour, tant d'années auparavant, où le chat de la famille avait fait irruption par une fenêtre ouverte, un rat entre les dents, troublant le repas du dimanche. Tout le monde avait ri à l'idée que l'animal avait voulu, lui aussi, faire un repas de dimanche ; mais on l'avait quand même chassé à coups de pied ! Une autre fois, c'était une voisine qui s'était plainte d'avoir été pourchassée par un rat tout au long de la rue. Son mari était sorti avec un tisonnier et l'avait coursé, mais il avait disparu dans une des maisons bombardées.

Pour Harris, les rats appartenaient au passé, maintenant, ce qui tendait à prouver à quel point le fait d'habiter un troisième étage à King's Cross peut suffire, parfois, à vous faire perdre le contact de certaines réalités...

Il y avait probablement la même quantité de rats qu'autrefois, mais les services d'hygiène de la ville les avaient sans doute contraints à plus de discrétion. Des tas de compagnies privées avaient fait fortune dans la dératisation et puis... Bah ! Ce n'était pas si grave, après tout. Si ce n'était que les deux incidents s'étaient produit le même jour. On n'était plus au XIVe siècle !

4

HARRIS s'éveilla en sursaut et tendit, d'un geste automatique, le bras vers le réveille-matin. La sonnerie lui causait toujours un choc quand elle le prenait au dépourvu. Il avait fini, ces derniers temps, par prendre l'habitude de s'éveiller quelques minutes avant l'heure prévue et d'attendre la première sonnerie pour faire taire le réveil d'une main rapide. Il mettait ensuite une vingtaine de minutes à sortir de la torpeur.

Mais ce matin il s'était laissé surprendre au beau milieu d'un rêve. Il tenta de s'en remémorer le sujet. Quelque chose à voir avec des dents. Des dents aiguës. Des morsures.

« Saloperie, songea-t-il, les rats ! » Des milliers de rats. Il s'en souvenait, maintenant, il avait regardé par la fenêtre, c'était la nuit, et là, en bas, il y avait des milliers de rats, parfaitement immobiles, le fixant de leurs yeux mauvais, dans le clair de lune. Et soudain ils s'étaient tous précipités, forçant la porte d'entrée, grouillant dans l'escalier. Dieu merci, il y avait eu la sonnerie du réveil !

Il se retourna avec un grognement et étendit le bras en travers de la forme recroquevillée qui occupait l'autre moitié du lit, à ses côtés.

— Bonjour, Judy.

La jeune femme se recroquevilla plus encore en murmurant doucement.

26

Harris passa sa langue le long de son dos nu, la faisant frissonner de plaisir. Introduisant sa main entre ses bras et ses cuisses repliées, il caressa doucement son ventre lisse. Avec des mouvements languides elle se retourna pour lui faire face en s'étirant.

— Hello, dit-elle en l'embrassant.

Il l'attira vers lui et ils s'étirèrent l'un contre l'autre.

— Il est tard, dit-il.

— Pas tant que ça.

— Oh, mais si. — Il caressa d'un doigt taquin l'intérieur de ses cuisses. — Ça ne t'a donc pas suffi, hier soir ?

— Non.

Elle entreprit de baiser ses paupières.

— Moi, si.

Il rit et rejeta les couvertures.

— Allez, file à la cuisine et que j'entende ce délicieux concert de casseroles et de porcelaine dont tu as le secret.

— Sale type !

Il la regarda enfiler une robe de chambre et disparaître dans la cuisine. Tout en écoutant le bruit des placards ouverts et refermés, de l'eau coulant dans la bouilloire et les accords matinaux du transistor, il se mit à songer à Judy.

Il y avait six ou sept mois qu'ils vivaient ensemble, maintenant, et leur amour semblait se fortifier chaque jour. Elle était modéliste, et elle avait du talent. Ils s'étaient rencontrés chez des amis communs. Ils avaient dormi ensemble, cette première nuit, mais elle n'avait pas voulu faire l'amour. Il avait essayé, insisté, bien sûr, mais elle l'en avait dissuadé, gentiment et, à sa grande stupéfaction, il lui en avait été reconnaissant, le lendemain matin. Des semaines plus tard, après qu'ils eussent compris tous deux qu'ils s'aimaient, il lui avait demandé pourquoi elle l'avait autorisé à la raccompagner chez elle mais n'avait pas voulu coucher avec lui, ce soir-là. Elle avait été incapable de le lui expliquer, ne comprenant pas très bien elle-même. Non qu'ils n'aient pas fait l'amour, mais bien qu'elle l'ait laissé dormir avec elle. Elle n'avait jamais dormi avec personne, jusque-là, et bien qu'elle ait été fiancée deux ans, sa connaissance de l'amour se bornait au flirt.

Elle avait simplement senti que quelque chose en elle « remuait » cette nuit-là. Etrangement, elle l'avait presque plaint. En surface, il était plein de confiance, presque de suffisance, mais en dessous, elle avait discerné le fameux « petit garçon perdu ». Il avait souri et déclaré que c'était son « truc » habituel pour séduire les femmes mais elle avait hoché la tête et répliqué :

— Oui, ça se voyait très bien mais, encore en dessous, il y avait vraiment l'âge d'un petit enfant à l'abandon. Tu sais, Harris, tu es un être à tiroirs !

Cela l'avait impressionné. Il était flatté que l'on puisse s'intéresser à lui à ce point. Elle avait poursuivi ses explications ; elle s'était senti incapable de le laisser partir, cette nuit-là, elle avait voulu être près de lui, mais elle avait refusé de laisser tomber les dernières barrières avant d'être vraiment sûre de lui. Et d'elle-même.

Quelques mois plus tard, ils louèrent un appartement dans le quartier de King's Cross et s'installèrent ensemble. Ils avaient parlé mariage et estimé que la question était sans importance pour le moment. Ils vivraient ensemble un an au moins avant de prendre une décision. — Pour — ou contre.

Parfois, d'ordinaire lorsqu'il était seul, sa dureté d'autrefois reprenait le dessus et il se disait : « Harris, mon gars, c'est la bonne affaire, cette nana. » Mais quand il était avec Judy, quand ils se promenaient ensemble, main dans la main, quand ils faisaient l'amour, la tendresse le submergeait et balayait tout cynisme.

La voix de Judy le tira de sa rêverie.

— Allez, feignant, le petit déjeuner est presque prêt.

Il bondit hors du lit, enfila un vieux peignoir de bain bleu et gagna les toilettes, sur le palier. Puis il alla chercher le journal devant la porte d'entrée. Quand il revint, il embrassa Judy dans le cou et s'installa devant la petite table.

— Il était temps que tu m'appelles, j'allais faire pipi au lit !

Judy lui servit du bacon grillé et des tomates avant d'aller s'asseoir devant son œuf dur. Lui, il détestait les œufs le matin.

Il déplia le *Mirror* pour jeter un coup d'œil aux gros titres. Il avait l'habitude de lire son journal dans l'autobus, en allant à l'école — il adorait le laisser traîner dans la salle des professeurs, à la grande désapprobation de ses collègues pour qui tous les journaux, en dehors du *Times* et du *Guardian* n'étaient que des bandes dessinées ! Mais il regardait toujours les gros titres en prenant son petit déjeuner.

— Bon Dieu, écoute ça ! — Il avait la bouche pleine de pain. — *Six clochards dévorés vivants par des rats. La police a été appelée la nuit dernière à Stepney par des passants qui avaient entendu des cris et les bruits d'une lutte violente semblant provenir du vieux cimetière de l'église St. Anne, non loin d'un terrain vague. Les policiers ont découvert les restes affreusement mutilés de six personnes, une femme et cinq hommes, apparemment tués par les rats. Quelques-uns de ces animaux étaient encore accrochés aux cadavres quand la police est arrivée. Après avoir été isolée par un cordon, la zone a entièrement été passée au crible avec l'aide de spécialistes de la dératisation. Les recherches n'ont donné aucun résultat. Dans la matinée du même jour, un bébé de treize mois, la petite Karen Blakely, et son petit chien ont été attaqués et tués par les rats dans l'appartement des Blakely. Paula, la mère du bébé, est dans un état grave. Une commission d'enquête...*

Harris poursuivit sa lecture en silence, et Judy, contournant la table, vint lire par-dessus son épaule.

— C'est horrible. — Elle frissonna et se pressa

contre lui. — Comment est-ce que des choses pareilles peuvent encore arriver aujourd'hui ?

— Je savais qu'il y avait encore des taudis épouvantables, mais je n'imaginais pas qu'ils puissent abriter des horreurs de ce genre. — Il secouait la tête, ébahi. — Ça doit être la femme que j'ai vue, à l'hôpital, hier. Et Keogh ? Il m'a dit qu'il avait vu deux rats énormes. Peut-être qu'il n'exagérait pas, après tout. Qu'est-ce qu'il peut bien se passer ?

Ils s'habillèrent et quittèrent l'appartement. Ils s'embrassèrent et partirent chacun dans sa direction, Harris vers l'East End, Judy vers le grand magasin du West End pour lequel elle « créait » des articles de mode.

Dans le bus, Harris réfléchit à cette histoire de rats et se demanda si les trois incidents étaient liés. S'agissait-il d'une pure coïncidence ? Pouvait-il s'agir des mêmes rats, ou de trois bandes différentes ? Il décida d'interroger Keogh pour lui tirer d'autres détails mais se souvint que le gamin ne serait pas là. Bah, les choses pourraient attendre au lendemain.

Mais, pour Keogh, il n'y aurait plus de lendemain. Quand Harris arriva à l'école il fut convoqué dans le bureau du principal qui lui apprit que l'enfant, pris d'une fièvre subite, avait été transporté d'urgence à l'hôpital, la nuit dernière, et qu'il était dans un état critique. L'hôpital avait appelé pour demander s'il était seul quand il avait été mordu et aussi si le professeur qui l'avait accompagné la veille pouvait passer.

— Bien sûr. Je vais dire un mot à mes gamins et j'y vais.

M. Norton avait l'air profondément soucieux.

— Non, je m'en suis occupé, répliqua le directeur. Mettez-vous en route tout de suite. Ils ont bien dit que c'était très urgent. Ne perdez pas de temps.

Harris quitta l'école et gagna l'hôpital à grandes enjambées. A peine arrivé, il s'apprêtait à décliner son identité mais le réceptionniste l'attendait et l'introduisit immédiatement dans un bureau où il lui enjoignit de patienter. Il n'était pas sitôt assis que la porte s'ouvrit, livrant passage à trois hommes.

— Ah, c'est vous le professeur du petit ? s'enquit le premier, contournant le bureau pour s'y asseoir.

Ce qu'il fit, tassant sa silhouette imposante dans un fauteuil après un bref regard de ses yeux fatigués à Harris. Sans attendre de réponse, il désigna les deux autres de la main.

— Docteur Strackley — le médecin inclina la tête — et M. Foskins, du ministère de la Santé publique. — Foskins tendit en direction du prof une main que Harris serra. — Mon propre nom est Tunstall, je suis secrétaire général de cet hôpital.

Tout en terminant les présentations, l'homme examinait une série de dossiers. Une feuille sembla particulièrement retenir son attention mais, tout en l'examinant attentivement, il demanda :

— Votre nom ?

— Harris. Comment va Keogh ?

Tunstall leva les yeux.

— On ne vous a pas prévenu ?

Le ton du secrétaire général glaça Harris.

— Je suis au regret de vous dire qu'il est mort cette nuit.

Harris secoua la tête : il ne pouvait y croire.

— Mais enfin il n'a été mordu qu'hier...

— Oui, nous le savons, M. Harris. — Le médecin avait fait un pas en avant ; appuyé sur le bureau, il adressa à Harris un regard intense. — C'est pourquoi nous vous avons demandé de venir. C'est vous qui nous avez amené l'enfant, hier. Vous serez peut-être en mesure de nous dire où et en quelles circonstances il a été mordu ?

— Mais enfin on ne meurt pas d'une simple morsure ! Et en vingt-quatre heures ?

Harris continuait de secouer la tête à l'intention des trois hommes, ignorant la question du médecin.

Tunstall se décida à reposer ses dossiers et prit la parole d'une voix forte.

— Cela paraît impossible, n'est-ce pas ? L'autopsie du jeune Keogh est en cours ; elle déterminera s'il ne souffrait pas d'une autre maladie. Nous avons en effet pensé que la morsure aurait pu jouer le rôle de catalyseur d'une autre maladie dont l'enfant aurait été porteur sans encore le savoir. Mais nous avons pratiquement renoncé à cette théorie, désormais, encore que nous ne négligions rien pour nous en assurer. C'est que l'on nous amené aussi une femme, hier — vous l'aurez peut-être lu dans les journaux : son bébé a été tué par les rats — elle-même a été mordue alors qu'elle tentait de porter secours à son enfant. Elle est morte voici deux heures.

— Mais alors il suffit d'approcher ces rats et d'être mordu...

Harris ne put terminer, Foskins l'interrompit.

— Précisément. Toute personne mordue n'a plus que vingt-quatre heures à vivre. C'est pourquoi il nous faut absolument en apprendre le plus possible sur les rats en question. De toute évidence, il s'agit d'une espèce inconnue — du moins en Angleterre. D'après ce que nous savons, leur taille seule est déjà extraordinaire...

— Nous devons savoir tout ce que l'enfant vous aura raconté de l'incident, intervint Tunstall avec impatience.

— Bien sûr, approuva Harris. Mais comment sont-ils morts ? De quoi sont-ils morts ?

Il regardait chacun des trois hommes tour à tour. La pièce s'emplit d'un silence gêné.

Le médecin finit par s'éclaircir la gorge tout en adressant un regard au secrétaire général.

— Il me semble que M. Harris a le droit d'être mis dans la confidence. Je suppose que nous pouvons compter sur sa discrétion et il pourrait nous être d'un grand secours s'il connaît bien les lieux.

— J'y suis né. Je connais fort bien le coin — et je peux vous montrer l'endroit précis où Keogh a été mordu.

— C'est bon, soupira Tunstall. Mais, comprenez-moi bien, rien de ce qui a été ou sera prononcé dans

32

cette pièce ne doit parvenir aux oreilles de quiconque. Nous ne savons pas encore très bien ce à quoi nous nous heurtons et, tant qu'il en sera ainsi, la plus extrême discrétion sera de rigueur. Il faut à tout prix éviter une panique peut-être injustifiée si nous nous trouvons en présence de faits tout à fait exceptionnels.

— Six personnes ont été dévorées ! lança Harris.

— Oui, oui, c'est assez effrayant, nous le savons, intervint rapidement Foskins. Mais il faut éviter la panique, vous êtes d'accord ? Les docks seraient les premiers atteints, vous me suivez ? Dieu sait que les dockers n'ont pas besoin d'encouragement pour se mettre en grève ! Vous imaginez ce qu'une menace pareille pourrait donner comme résultat ? Et si les produits alimentaires étaient abandonnés à pourrir dans les cales et les entrepôts, que se passerait-il ? La zone entière serait vite infestée de rats ! Cercle vicieux, voyez-vous, cercle vicieux !

Le petit prof gardait le silence.

— Ecoutez, nous aurons probablement résolu la question avant qu'il ne se passe quoi que ce soit d'autre. — Tunstall se pencha, le doigt pointé dans sa direction. — Votre aide n'est pas indispensable, mais si vous désirez effectivement nous aider, il faut promettre le silence.

« Il doit être rudement inquiet », songea Harris. Il haussa les épaules.

— C'est entendu. Je voudrais seulement savoir comment sont morts Keogh et cette jeune femme.

— Bien entendu. — Le docteur Strackley sourit, cherchant à dégeler un peu l'atmosphère. — Les décès résultent d'une infection introduite dans le sang par la morsure des rats. La complication éventuelle qu'entraîne habituellement la morsure d'un rat est connue sous le nom de maladie de Weil, ou encore leptospirose. On en compte à peine plus de dix cas par an, dans tout le pays — une maladie vraiment rare. Les rats sont vecteurs de l'organisme qui en est cause : Leptospira ictero-haemorrhagae.

En somme c'est l'un des risques professionnels des égoutiers. La période d'incubation dure de sept à quatorze jours puis la maladie proprement dite s'installe avec une brusque poussée de fièvre, des douleurs musculaires, l'anorexie et les vomissements. L'état fiévreux se prolonge quelques jours avant l'apparition d'une jaunisse — d'un ictère — le malade tombant alors dans un état de prostration. La fièvre tombe généralement en une dizaine de jours, avec des rechutes. On traite souvent la maladie par la pénicilline ou d'autres antibiotiques bien que l'on dispose d'un sérum efficace : le diagnostic est en général trop tardif pour que le sérum puisse agir.

« Bon. Telle est la maladie que nous connaissons. Eh bien, ce qu'il y a d'absolument incroyable dans les deux cas de la nuit dernière, c'est que tout le tableau clinique se produit en vingt-quatre heures. — Il s'interrompit comme s'il avait été soucieux de ménager ses effets. — Et il y a d'autres différences.

Il regarda Tunstall, sollicitant en silence la permission de poursuivre. Tunstall fit un signe de tête.

— La fièvre apparaît dans les cinq heures. La jaunisse s'installe immédiatement. Le patient perd rapidement l'usage de ses sens — la vue d'abord. Puis la victime tombe dans le coma, le corps agité de soubresauts violents. C'est alors que la chose la plus horrible se produit. La peau — qui est alors devenue complètement jaune — commence à se tendre. Elle devient de plus en plus mince, de plus en plus fine. Pour finir, elle se déchire par plaques, sur tout le corps. Le malade meurt dans d'épouvantables souffrances que nos drogues les plus puissantes ne semblent guère alléger.

Les trois hommes gardèrent le silence tandis que Harris se pénétrait peu à peu de ces images de cauchemar.

— Pauvre Keogh, finit-il par murmurer.

— Oui, et songez aussi à toutes les autres victimes éventuelles, ajouta Tunstall, non sans impatience. Bon, avant tout, nous avons fait appel aux services de

34

la compagnie *Dératiz*. Ce sont des gens compétents et sérieux... et très discrets. Ils passent le terrain vague et l'appartement de la jeune femme au peigne fin, ce matin et, si vous pouvez nous dire où le gamin a été mordu, nous les enverrons jeter un coup d'œil là-bas aussi.

Harris leur parla du vieux canal que Keogh avait emprunté comme raccourci.

— Ecoutez, je pourrais emmener les spécialistes de la dératisation et leur montrer l'endroit exact.

— Parfait, dit Foskins. Nous allons aller les retrouver dans le vieux cimetière et voir où ils en sont. Vous pouvez nous accompagner et, de là, emmener quelques-uns des gars avec vous.

— Il faut d'abord que je donne un coup de fil à l'école.

— D'accord, mais pas un mot. Dites seulement que nous vous avons retenu pour enregistrer votre déclaration. D'autre part, quand vous retournerez à l'école, vous nous rendriez service en demandant à vos élèves s'ils ont vu des rats récemment, et où. Dites-leur aussi qu'à la moindre morsure, il faut absolument qu'ils aillent à l'hôpital. Ce serait parfait si vous trouviez un moyen de leur dire tout ça sans les alarmer.

— Il leur en faudrait plus ! dit Harris en souriant.

— Je crois que c'est par ici, dit Harris à l'unique employé de *Dératiz* qu'on l'avait finalement autorisé à emmener avec lui.

L'exterminateur de rats, un petit homme tranquille dont le visage pointu n'était pas loin — songeait Harris avec un sourire intérieur — de ressembler au museau des animaux qu'on le payait pour anéantir, se tenait à ses côtés, devant un haut mur de briques.

— Le canal est de l'autre côté, expliqua Harris. En longeant un peu le mur, nous devrions arriver à une grille et, à moins que les choses aient bien changé, depuis le temps, il devrait y avoir pas mal d'ouvertures.

Tout en marchant, le petit homme, qui répondait au nom d'Albert Ferris, commença à perdre un peu de la réserve et du soupçon de méfiance que lui inspirait la profession de son compagnon et il finit par adresser la parole au professeur.

— Je n'ai jamais rien vu d'aussi horrible que cet endroit, ce matin, vous savez. Ça fait quinze ans que je suis dans le métier et je n'avais jamais rien vu de pareil ! Du sang partout, et des petits morceaux de cadavres. Affreux. Mais pas un seul rat. Pas un seul crevé, vous savez. Les pauvres vieux n'ont probablement pas eu le temps de comprendre ce qui leur arrivait. Attention, ils devaient être pas mal bourrés, hein, avec cette espèce d'alcool à brûler qu'ils boivent, mais quand même ! Il y en a bien un qui aurait dû pouvoir s'en tirer, s'enfuir. Je t'en fiche, oui ! Ou au moins tuer quelques rats. Mais non, rien. — Il secoua la tête. — Ça me dépasse.

— Je n'avais jamais entendu dire que les rats puissent attaquer les gens pour les manger, dit Harris pour faire parler le petit homme.

Il avait décidé d'en apprendre le plus possible sur la situation. Il ne savait pourquoi mais l'horreur qu'il ressentait était plus profonde encore que celle que justifiait l'ampleur de la tragédie. Il s'y ajoutait comme un malaise.

— En règle générale, cela ne se produit pas, répliqua Ferris. Pas dans notre pays, en tout cas. Les rats sont des bestiaux très, très prudents, vous voyez. Ils arrivent à se nourrir d'à peu près n'importe quoi et n'ont pas de raison d'attaquer des gens pour les bouffer. Des cadavres, d'accord. Ça oui, ils boufferont des cadavres s'ils en ont l'occasion. Mais attaquer des vivants, ça non. Ce qui nous a intrigués, ce matin, c'est les crottes qu'on a trouvées. Deux fois plus grosses que des crottes de rats normales ! On les a expédiées au labo pour les faire analyser, mais ça veut dire que c'est des très gros rats, probablement. Alors si Londres a donné naissance à une espèce de rats plus gros que la moyenne… Et puis vous savez la vitesse à laquelle ils se reproduisent ! Non, moi je vous le dis, si c'est le cas, on est parti pour les ennuis. Et puis si ils attaquent les gens, alors là…

Il secoua la tête.

— Quelle est-elle au juste, cette fameuse vitesse de reproduction ? s'enquit le professeur.

— La femelle peut avoir de cinq à huit portées par an et chaque portée va de quatre à douze petits. Et ils s'y mettent vite. Non, je nous vois mal partis si ces gros-là commencent à pulluler !

C'était bien l'avis de Harris.

Ils parvinrent à la grille et y trouvèrent une ouverture.

— Ecoutez, dit Harris, vous savez que nous cherchons seulement à repérer des traces de ces foutues créatures, nous ne sommes pas chargés d'en capturer.

— Vous bilez pas, mon pote. Je compte pas m'amuser avec eux !

Rassuré quant au fait qu'on ne les avait pas envoyés pour une espèce de mission suicide, Harris pénétra dans la brèche. Ils retournèrent alors sur leurs pas — mais de l'autre côté de la grille — pour regagner le pied du mur, l'œil aux aguets du moindre mouvement.

Ferris fut le premier à les apercevoir. Il était occupé à fouiller des yeux la berge opposée, cherchant des trous, des déjections, n'importe quel signe, quand il aperçut trois formes qui se déplaçaient dans l'eau sombre. Sur les eaux d'un brun boueux du canal, se découpaient trois petites têtes noires, glissant en sens contraire de leur propre marche.

— Regardez ! — Il pointait le doigt dans leur direction. — En voilà trois !

Harris regarda dans la direction que lui indiquait Ferris et distingua immédiatement les trois formes noires. Elles formaient un triangle parfait et laissaient un petit sillage dans l'eau lisse.

— Bon, on les suit !

— Ils ont l'air de savoir où ils vont ! lança Harris

au petit tueur de rats qui faisait de son mieux pour le suivre malgré ses courtes jambes.

Tout à coup, les sombres créatures sortirent de l'eau et entreprirent de gravir la berge. Les deux hommes les virent alors en entier pour la première fois.

— Bon Dieu, ils sont énormes ! s'écria Harris.

— Je n'en ai jamais vus de cette taille, confirma Ferris, bouche bée. On n'a pas intérêt à s'approcher, mon pote ; inutile de… heu, de les exciter, hein ?

— Il va quand même falloir que nous les suivions, dit Harris, non sans fermeté, ils nous conduiront peut-être à leur repaire.

Alors qu'il parlait, le rat de tête s'arrêta court et tourna la tête dans leur direction. Les deux autres se figèrent et en firent autant.

Harris n'oublierait jamais l'horreur qu'il ressentit sous le triple regard des petits yeux aigus et méchants. Ce n'était pas seulement leur taille ou la répulsion naturelle qu'on ressent devant cette vermine. Ils ne faisaient pas mine de s'enfuir, ne cherchaient pas à se cacher. Ils ne donnaient aucun signe de frayeur. Trois formes immobiles, dévisageant les deux hommes avec malveillance, comme si les animaux se demandaient s'ils allaient traverser le canal pour les attaquer ou poursuivre leur chemin. Harris savait que si les rats manifestaient la moindre intention de les attaquer, il s'enfuirait de toute la vitesse de ses jambes. En sentant la main de Ferris se refermer sur son bras, il sut que les ignobles créatures inspiraient les mêmes sentiments au tueur de rats.

Mais les rats firent brusquement volte-face et s'engouffrèrent dans un trou qui s'ouvrait au bas de la vieille palissade qui, sur l'autre berge, enfermait le canal.

— J'aime mieux ça, bon Dieu ! — Ferris poussa un profond soupir. Puis, après avoir pris le temps de se remettre un peu : Qu'est-ce qu'il y a par là-bas ?

Harris réfléchit un moment, cherchant à rassembler ses souvenirs.

— Ben… D'abord un bout de terrain vague : on voit la végétation d'ici. Et puis, ensuite, il y a… — Il se gratta la joue, plongé dans ses réflexions. — Bon Dieu ! Il y a des immeubles. Un groupe de H.L.M. juste au bord du terrain vague. Heureusement la plupart des gosses sont à l'école, à cette heure-ci ; mais il y en a peut-être qui rentrent déjeuner à la maison. A mon avis, les rats doivent se diriger vers les grandes poubelles collectives de l'ensemble. Il faut y aller en tout cas, on ne peut pas prendre de risque…

Comme il s'apprêtait à courir le long de la grille pour y retrouver une ouverture, ses yeux furent attirés par un nouveau mouvement, dans l'eau. Venu cette fois de la direction opposée, il aperçut un groupe plus important de formes noires qui glissaient sur l'eau. Il eut le temps d'en compter au moins sept avant de rejoindre Ferris qui avait pris ses jambes à son cou dès qu'il avait pris conscience de cette nouvelle menace.

Tout en courant, Harris se retourna et vit les formes fourrées et humides se précipiter à travers le trou que les trois autres avaient déjà emprunté.

Dès que les deux hommes se retrouvèrent dans la rue, Harris arrêta le petit tueur de rats par la manche.

— Ecoutez, allez chercher les flics. — Il soufflait comme un phoque. — Dites-leur d'entrer en contact avec les gens de votre boîte pour les amener ici le plus vite possible. Moi, je vais jusqu'aux immeubles, suivez-moi dès que vous aurez téléphoné. Il y a un petit pont qui traverse le canal un peu plus loin dans cette direction, suivez-moi le plus vite possible, bon Dieu ! J'ai pas envie de me retrouver tout seul face à ces saloperies !

— Ecoutez, mon pote, les rats c'est mon boulot, répliqua Ferris fulminant. Appelez les flics vous-même. Je vais les retrouver et je saurai quoi faire quand je les aurai retrouvés. J' suis pas un héros, c'est une simple question de bon sens, quoi !

Sans attendre de réponse, le petit homme se mit en route d'un pas heurté.

« T'as bien raison », songea Harris et il se mit en quête d'une cabine téléphonique.

Les rats se hâtaient à travers le terrain vague, bientôt rejoints par des groupes de l'espèce plus petite. Ils atteignirent une autre palissade qui séparait l'ensemble de H.L.M. du terrain vague. Se faufilant par les multiples ouvertures, ils se dirigèrent vers les petits bunkers de béton qui collectaient les ordures au pied de chaque bâtiment. Les déchets alimentaires et les détritus de toute sorte passaient par le vide-ordures de chaque locataire et aboutissaient dans d'énormes poubelles rondes que le service du nettoiement vidait une fois la semaine. Les poubelles servaient aussi de cercueil à plus d'un chat ou d'un chien, que sa mort fût accidentelle ou résultât du grand âge. Epluchures de patates, coquilles d'œuf, aliments gâtés, pain rassis, vieux papiers, tout ce qui pouvait passer par le vide-ordures se retrouvait là, en un immense tas d'immondices pourrissant tout au long de la semaine jusqu'au passage des grosses bennes. Chaque fin de semaine, l'odeur devenait épouvantable et les locataires interdisaient à leurs enfants d'aller jouer près des portes, elles-mêmes à demi pourries, des bunkers.

C'était bien la première fois qu'une bande de rats s'aventurait dans les bunkers au grand jour. En général, il y avait trop d'enfants occupés à jouer et à se battre en hurlant et en riant aux éclats, soucieux de faire du bruit pour le seul plaisir de faire du bruit. Les rongeurs étaient timides, la nuit était leur alliée.

Mais ils avaient désormais une audace nouvelle. Menés par les rats plus gros et plus noirs, une espèce qui avait soudain fait son apparition et qui les dominait, ils avaient trouvé un nouveau courage. Ou du moins une nouvelle force qui les poussait de l'avant.

Sans se faire voir, ils se hâtèrent à la queue leu leu

le long des murs d'un bâtiment, jusqu'au bunker à ordures dans lequel ils pénétrèrent par les trous qu'ils avaient pris soin de grignoter dans les portes au cours d'une nuit antérieure. Des trous de même nature leur donnèrent accès aux poubelles elles-mêmes et ils se retrouvèrent au cœur du tas d'immondices, rongeant tout ce qui pouvait leur faire ventre.

Etait-il gâté ? Un père de famille furieux de s'entendre reprocher pour la énième fois ses stations prolongées au pub l'avait-il jeté à la tête de sa femme ? Toujours est-il qu'un gigot entier se trouvait là depuis le dimanche, commençant à pourrir. Les gros rats le découvrirent les premiers et leur appétit de viande s'en trouva allumé.

Les rats les plus petits tentèrent de chiper un peu de viande mais furent aussitôt tués puis dévorés par les gros.

Ferris entendit les cris aigus des petits rats alors qu'il passait en courant devant le bunker. Il s'arrêta net, écoutant de toutes ses oreilles, son petit visage pointu tourné sur le côté. Il comprit alors d'où provenait le bruit. Lentement et avec force précautions, il se dirigea alors vers les portes apparemment massives du bunker. L'odeur d'aliments en décomposition le confirma dans sa certitude. Il repéra les trous qui s'ouvraient au bas d'une des portes et mit un genou en terre. Il écouta encore. Silence, cette fois. Il baissa précautionneusement la tête vers le plus grand des trous noirs, cherchant à percer des yeux les ténèbres. Rien ne bougea. Il avait les deux genoux par terre, désormais, et son oreille droite touchait presque le sol.

L'énorme rat se jeta soudain sur lui et enfonça profondément ses crocs dans sa joue droite. Ferris poussa un hurlement et se rejeta en arrière, martelant sauvagement des deux poings la créature qui s'accrochait à son visage. De toutes ses forces, il arracha le rat qui emporta un gros morceau de chair entre ses dents mais il ne put maîtriser le corps puissant qui se tortillait entre ses mains et l'animal lui retomba dessus. Les autres rongeurs sortirent en flot par les trous et se jetèrent sur le petit homme dont les cris commençaient d'attirer des gens à leur porte ou à leur fenêtre.

Lorsque les locataires aperçurent la forme revêtue d'une combinaison blanche qui s'agitait sur le sol, recouverte et entourée de bêtes à la fourrure noire, ils ne purent en croire leurs yeux. Certains, quand ils eurent compris, claquèrent leur porte et tirèrent les verrous, comme s'ils avaient pensé que ces animaux avaient des talents de serrurier. D'autres — pour la plupart des femmes dont le mari était au travail — se mirent à hurler ou s'évanouirent. Ceux qui avaient le téléphone appelèrent la police. Nombreux furent ceux qui restèrent paralysés par l'horreur, incapables de proférer un son et de détacher leurs yeux du terrible spectacle. Une vieille retraitée, femme active malgré ses proportions imposantes, se précipita à la rescousse en brandissant un balai. Elle l'abattit avec violence sur les animaux qui se trouvaient à sa portée, en l'occurrence les rats de moindre taille qui occupaient l'extérieur du cercle qui s'était formé autour de l'homme qui se débattait. Comme ceux-là se dispersaient, un rat de plus grande taille abandonna le festin et tourna vers la vieille femme un œil menaçant.

La première cabine que Harris découvrit avait été mise à sac par des vandales. Persuadé que toutes les cabines des environs auraient probablement connu un sort semblable, il se mit en quête du premier pub, de la première boutique venue. Il découvrit un tabac et demanda aussitôt au buraliste l'autorisation de téléphoner à la police. Un peu inquiet au premier abord, le boutiquier se laissa vite convaincre de l'honnêteté du prof.

Ayant obtenu la communication et donné ses instructions, Harris ne perdit pas de temps en remerciements et quitta la boutique au pas de course. Il eut vite atteint l'endroit où Ferris et lui venaient de se quitter. Il se jeta sur les traces du petit tueur de rats, traversa le petit pont et aperçut les H.L.M. devant lui. Il entendit le tumulte quelques secondes avant d'avoir sous les yeux l'épouvantable scène. Il tourna un coin toujours au pas de course et aperçut une vieille dame qui brandissait un balai et que plusieurs rats énormes étaient en train de jeter par terre. Harris se figea sur place jusqu'à ce que les cris déchirants de la vieille le forcent à avancer, trop conscient du risque mortel, mais incapable de laisser mettre en pièces une vieille femme sans intervenir. Heureusement pour lui, un groupe d'ouvriers d'un chantier voisin, attirés par les cris, se précipitaient sur les rats armés de pioches, de pelles, tout ce qui leur était tombé sous la main pendant leur course vers les bâtiments.

Le gros rat qui avait déjà dévisagé la vieille retraitée leva à nouveau les yeux et étudia furtivement les hommes qui s'approchaient. Tous les autres rats de grande taille l'imitèrent, cessant leur assaut frénétique.

Cela n'effraya pas les ouvriers. Ils poursuivirent leur course en hurlant et en agitant leurs armes hétéroclites.

Tout à coup, comme d'un seul mouvement, les gros rats firent volte-face et prirent la fuite, abandonnant leurs compagnons plus petits à la fureur des ouvriers qui les massacrèrent.

Harris se plaqua contre le mur en voyant les créatures d'épouvante se précipiter dans sa direction. Ils passèrent tout près de lui, l'un d'entre eux galopa même par-dessus son soulier, lui causant un frisson irrépressible. Un autre s'arrêta une fraction de seconde et le dévisagea froidement puis, comme à regret, reprit sa course avec les autres. Harris s'effondra presque de soulagement lorsque la dernière silhouette hideuse eut disparu derrière la palissade. Deux ouvriers faisaient déjà mine de sauter l'obstacle pour les poursuivre mais Harris retrouva sa voix à temps pour les arrêter.

Ils revinrent sur leurs pas, laissant à Harris le temps de tourner les yeux vers l'horrible carnage que les rats avaient causé. La vieille dame était par terre, couverte de sang, la poitrine agitée de mouvements spasmodiques, tenant toujours faiblement son balai. Alors seulement Harris aperçut la combinaison blanche du petit Ferris. A peine reconnaissable, entièrement imbibé de sang, l'uniforme avec l'écusson de poitrine de *Dératiz* lui fit seul comprendre qu'il s'agissait du tueur de rats, car le cadavre recroquevillé n'avait plus du tout de visage.

— Une ambulance, vite ! dit faiblement Harris à l'un des ouvriers, sachant déjà qu'il était trop tard pour la vieille.

— Il y en a déjà une en route.

Une voisine s'avançait. Les autres commencèrent à sortir de leurs logements et s'approchèrent avec force hésitations des victimes, un œil inquiet fixé sur la palissade.

— Qu'est-ce que c'était ? demanda quelqu'un.

— Des rats, non ? répliqua un autre.

— De cette taille-là ? s'enquit la première personne.

— Gros comme des chiens.

— Allez, on les course, grogna l'un des deux ouvriers qui s'étaient apprêtés à sauter la palissade. On peut pas laisser des saloperies comme ça traîner dans les parages.

— Non, dit Harris. — Il n'avait pas le droit de leur parler de la maladie mortelle, mais il fallait absolument qu'il les empêche d'aller se battre avec la vermine. — La police va arriver, et les gens de *Dératiz*, mieux vaut les laisser s'en occuper.

— Le temps d'attendre les guignols et les gaspards auront disparu. Moi, j'y vais. Qui est-ce qui me suit ?

Harris le retint par le bras alors qu'il se remettait en marche vers la palissade. Il se retourna avec colère mais c'est alors que deux fourgons de police pénétrèrent entre les bâtiments et vinrent s'arrêter dans un grand crissement de pneus devant le groupe effaré.

Foskins sortit du second fourgon et se dirigea directement sur Harris, sans quitter des yeux les deux formes allongées sur le sol.

Alors qu'un camion de *Dératiz* arrivait sur les lieux, il attira Harris à l'écart pour éviter que la foule qui grossissait ne puisse entendre leur conversation.

— Eh bien, Harris, que s'est-il passé ?

Le professeur le mit rapidement au courant des derniers événements. Il débordait de pitié pour le pauvre Ferris dont le sens du devoir avait causé la fin prématurée. Harris lui-même aurait pu être allongé là, si le petit tueur de rats n'avait pas insisté pour se charger de la besogne.

— Nous allons envoyer une équipe de recherche sur les lieux immédiatement, lui dit Foskins. Ils vont passer la palissade et longer le canal. Nous allons envoyer des patrouilles tout le long du canal et mettre en place un cordon pour isoler les lieux.

— Mais ces canaux ont des kilomètres de long, voyons. Comment voulez-vous les isoler efficacement ? — Harris était un peu agacé par le calme, le calme autoritaire, qui se dégageait de la voix de Foskins. — Et à supposer même que vous y parveniez, qu'est-ce que vous faites de tous les égouts qui aboutissent au canal ?

— Ça, mon cher Harris, répliqua froidement Foskins, c'est notre affaire.

5

HARRIS ne se sentait pas d'humeur à retourner à l'école cet après-midi-là. Il parcourut un moment les rues de son enfance, rencontrant des lieux et des souvenirs qu'il croyait depuis longtemps oubliés — le bureau de tabac où il avait acheté son premier paquet de cibiches à bon marché; la maison de Linda Crossley, la nana qui s'était laissée faire par six de ses copains adolescents et lui-même, dans l'escalier de secours de la Maison des Jeunes, un beau soir, ce qui lui avait valu le surnom définitif de « sept d'un coup »; les terrains vagues à l'emplacement des immeubles bombardés — il avait fait rire ses parents, quand il était tout petit, en parlant de « maisons barbondées » — que nulle entreprise de bâtiment n'avait encore jugé bon « réhabiliter »; les anneaux auxquels le livreur de lait ou de glace attachaient leurs chevaux... il n'y avait pas si longtemps que ça. Pour finir, il sauta dans un bus et regagna son appartement. Il se fit du thé et s'assit dans l'unique fauteuil, encore sous le coup des événements de la matinée. Keogh, cette femme et son bébé, ces malheure x clochards, Ferris et la vieille dame. Saloperie de Londres! Londres la civilisée, tu parles!

Cette ville ultra-moderne, fière de son haut niveau de vie, était encore susceptible d'abriter une vermine épouvantable, porteuse de maladies horribles. Et d'une taille! Quelle était l'origine de cette mutation?

Et rusés, avec ça... A deux reprises l'un des gros rats noirs (ce pouvait-il que ce fût le même à chaque fois ? Bon Dieu !) s'était arrêté pour l'examiner à loisir, le dévisager, sans crainte, sans faire mine de l'attaquer, se contentant de le surveiller — on aurait dit de l'étudier — impénétrable.

Combien de victimes feraient-ils encore avant qu'on ne parvienne à les supprimer ? Et d'où sortaient-ils ? Qu'est-ce qui pouvait bien les rendre beaucoup plus intelligents que les rats plus petits ? Et pourquoi s'en faisait-il ? N'était-ce pas l'affaire des autorités ? Mais qu'est-ce qui le dégoûtait le plus ? Les rats eux-mêmes ou le fait que tout cela n'était imaginable que dans l'East End ? Pas à Hampstead ou à Kensington, non, mais à Poplar, bien sûr. Dans ces cubes de béton où les municipalités s'étaient un jour avisées d'entasser des trente et quarante familles. Fini les bidonvilles, les taudis ! De quoi vous plaignez-vous ? Vous n'avez jamais mieux vécu ! Et tant pis pour l'horreur de ces clapiers où toute communication entre voisins se réduisait aux quelques mots échangés dans l'ascenseur. Et les mêmes responsables toujours satisfaits d'eux-mêmes avaient laissé subsister des conditions sanitaires telles qu'une horreur comme les gros rats noirs avait vu le jour dans les égouts et les terrains vagues du quartier. Une fois encore de sordides considérations économiques causaient la mort d'innocents. Comme, il s'en souvenait, la fureur qui l'avait saisi le jour où une fuite de gaz avait fait effondrer les trois quarts d'un H.L.M., causant — par quel miracle — la mort de neuf personnes seulement ! Voilà ce qui le rendait amer, toujours la même chose : l'incompétence, l'irresponsabilité des promoteurs, des architectes, des responsables en général.

Il se surprit à sourire. Il était bien resté un étudiant, un rebelle, éternel contestataire des pouvoirs établis. En tant que prof, il était lui-même fonctionnaire et dépendait d'une administration tâtillonne dont les décisions l'exaspéraient souvent. Mais il savait bien, aussi, que des tas d'honnêtes gens dévoués, hommes et femmes, se battaient au sein des administrations pour obtenir des décisions meilleures. Il connaissait personnellement bien des exemples de gens qui étaient allés jusqu'à mettre leur situation en péril pour manifester leur opposition.

Non, inutile de s'en prendre uniquement aux autorités. L'apathie existait à tous les niveaux, il le savait bien. Le plombier qui néglige une fuite de gaz. Le mécanicien qui oublie de resserrer un boulon. Le conducteur qui traverse le brouillard à cent à l'heure. Le laitier qui mouille son lait... Une simple question de degré. N'était-ce pas le mécanisme même du péché originel ? Tous coupables. Il s'endormit.

A six heures et quart, il fut réveillé par le bruit de la porte d'entrée et un pas dans l'escalier.

— Salut, Judy ! lança-t-il quand elle pénétra dans la pièce, le visage rouge, le souffle court.

— Salut, feignant. — Elle déposa un baiser sur son nez. — Tu as vu le journal ?

Elle déplia un exemplaire du *Standard* et lui montra les gros titres qui annonçaient que les rats avaient fait de nouvelles victimes.

— Oui, je sais, j'y étais.

Il lui raconta les événements de la journée, d'une voix dure, dépourvue d'émotion.

— Mon pauvre amour, mais c'est horrible ! Les pauvres gens ! Et toi ? Ça a dû être terrible pour toi.

Elle lui caressa la joue, sachant que sa colère apparente cachait des sentiments plus profonds.

— J'en suis malade, Judy. Que des gens crèvent comme ça, absurdement, en plein vingtième siècle ! C'est dingue !

— Ne t'en fais pas, mon chéri, ça ne va pas durer. Ils sauront y mettre un terme. On ne vit plus comme au temps où ce genre de choses risquait de prendre des proportions.

— Ce n'est pas la question. On n'aurait jamais dû permettre que ça arrive.

Et, tout à coup, Harris se détendit. C'était sa

défense naturelle contre ce genre d'événements : il atteignait un certain point de tension puis, conscient qu'il n'y pouvait rien, il s'en détournait abruptement.

Il adressa un sourire à Judy.

— Si on abandonnait tout ça, à la fin de la semaine, hein ? Allons voir ta vieille idiote de tante, à Walton. Ça nous fera du bien à tous les deux de prendre l'air.

— D'accord !

Judy lui entoura le cou de ses bras et le serra contre elle, bien fort.

— Qu'est-ce qu'on mange, ce soir ? s'enquit-il.

Le reste de la semaine s'écoula sans nouvel incident. L'indignation de l'opinion publique, les campagnes éternelles pour l'assainissement de Londres s'étalèrent dans les journaux. La télévision retransmit des débats passionnés entre hommes politiques et conseillers municipaux et même une courte déclaration du Premier ministre. Un cordon sanitaire fut mis en place autour de vastes zones du quartier des docks et des compagnies de dératisation y mirent leurs moyens en œuvre. Les dockers eux-mêmes observèrent une grève de deux jours, avant de se laisser convaincre qu'il n'y avait pas l'ombre d'un rat sur les lieux. Les canaux conduisant aux docks furent fouillés par la police et la troupe mais on n'y trouva pas de rats plus gros que la moyenne et fort peu de rats ordinaires, d'ailleurs. Des tas de gens déclarèrent bien sûr avoir vu de gros rats noirs mais, après enquête, il s'agissait toujours d'un chien ou d'un chat. Les parents accompagnaient leurs enfants et allaient les chercher à l'école. Un calme inaccoutumé tomba sur les divers terrains vagues devenus terrains de jeu. Les marchands d'animaux — chiens et chats — firent des affaires sans précédent dans tout Londres. Les experts déposèrent partout des poisons mais les victimes en furent toujours des souris ou des rats ordinaires, de petite taille.

On ne mit pas la main sur un seul gros rat noir.

On se désintéressa vite de l'affaire, au fur et à mesure que d'autres nouvelles vinrent occuper les premières pages des journaux. Les histoires de viol, de vol, d'incendie, de politique, reprirent le dessus dans les conversations. Alors même que les recherches se poursuivaient, que les experts continuaient de déposer des poisons, sans aucun résultat, on considéra vite que les choses étaient réglées. Foskins continuait d'être inquiet. Il s'assura que son service continuerait la lutte jusqu'à sa conlusion, c'est-à-dire l'extermination de tout rongeur susceptible de mettre en danger des vies ou des biens. Il comprit vite qu'il s'agissait d'une tâche pratiquement impossible à remplir en l'absence de nouveaux crédits, lesquels disparaissaient à l'horizon, au fur et à mesure que, l'opinion publique se calmant, le gouvernement se désintéressait de la chose.

6

LE vendredi soir, Harris et Judy gagnèrent Walton dans leur vieille Hillman. La tante de Judy se mit en frais pour eux dès qu'ils arrivèrent et se révéla beaucoup moins idiote que Harris avait bien voulu dire en leur attribuant une petite chambre confortable avec un grand lit. Elle se retira après quelques sourires pour les laisser défaire leur unique valise.

— Dis donc, dis donc! Cette bonne vieille tante Hazel, grimaça Harris, tandis que Judy se laissait tomber sur le gros édredon avec un cri de plaisir.

— Elle a toujours été ma tante favorite, répliqua-t-elle en gloussant tandis que Harris s'allongeait près d'elle.

Elle chassa d'une tape les mains qu'il lançait en reconnaissance.

— Allez! Arrête! Défaisons la valise et descendons avant qu'elle ne regrette de nous avoir donné une seule chambre parce que notre compagnie lui manque!

Quand ils descendirent, la tante de Judy avait ouvert une bouteille de Xérès. Elle leur versa à boire et les invita à s'asseoir sur un sofa moelleux, recouvert d'un tissu à fleurs, tandis qu'elle-même prenait place dans un fauteuil qui leur faisait face. Tandis qu'elle bavardait, les interrogeant sur leur travail, cancannant sur ses voisins, racontant ses souvenirs, Harris commença à se détendre.

Il passa bientôt un bras autour de l'épaule de Judy dont les doigts se refermèrent sur les siens. Il riait des récits les plus futiles de tante Hazel, se laissant gagner par le charme replet de la vie villageoise. Il se surprit à se passionner pour la vente de charité que le curé organisait le lendemain matin, pour le petit ami de la veuve d'en face, pour la course en sac de la semaine passée. Il ne riait pas de la vieille tante, mais bien avec elle, enviant la vie sans complication qu'elle menait.

A 10 h 10, elle suggéra que le jeune couple fasse quelques pas avant de monter se coucher, l'exercice ne pouvant que leur assurer un meilleur sommeil. Ils marchèrent bras dessus bras dessous par les ruelles du petit village, chacun sensible à la paix qui envahissait l'autre.

— Respire un bon coup, dit Harris, aspirant lui-même une énorme goulée.

Ils s'affairèrent tous deux à inspirer avec de plus en plus d'exagération, le visage levé vers le million d'étoiles visibles et finirent par éclater de rire. Ils reprirent leur marche, la douceur de l'air achevant d'amollir leur état d'esprit déjà fort doux.

— Je pourrais peut-être me faire muter dans une école de campagne, rêva Harris. Dans un village comme celui-ci. Ou même devenir buraliste, qu'est-ce que tu en penses ?

Judy lui rendit son sourire, consciente du plaisir qu'il prenait à rêver ainsi. C'était un homme des villes, dans le fond, malgré toute la haine qu'il exprimait souvent pour elles.

— D'accord ; et moi j'ouvrirai une petite mercerie. Mais je ne sais pas trop de quel œil le curé verrait notre ménage. Il me considérerait probablement comme une gourgandine.

— On pourrait l'amadouer en se mariant.

Ils se turent, et Judy pivota sur ses talons pour lui faire face.

— Attention à ce que vous dites, jeune homme, je risquerais de vous prendre au mot !

Quand ils rentrèrent chez tante Hazel, ils trouvèrent des toasts beurrés et du chocolat qui les attendaient sur un plateau. La vieille dame papillonnait de droite et de gauche dans une longue robe de chambre, continuant de débiter tout ce qui lui passait par la tête. Elle finit par leur souhaiter une bonne nuit et par disparaître dans l'escalier.

— Elle est charmante, dit Harris avec un sourire entre deux gorgées de chocolat brûlant, elle me rend dingue, mais elle est charmante.

Quand ils finirent par monter, ils trouvèrent une bouillotte chaude dans le lit et un grand feu dans la cheminée. Harris ne cessait de sourire en se déshabillant. Il y avait bien longtemps qu'ils n'avaient pas été gâtés, tous les deux, et c'était chouette, soudain, d'être gâtés ensemble.

Il grimpa dans le lit, à côté de Judy, et attira son corps tiède contre le sien.

— J'aimerais qu'on puisse rester plus longtemps. Ça me dégoûte déjà de devoir rentrer.

— Profitons au moins de ce qui s'offre à nous, chéri, nous avons tout le week-end.

Les doigts de Judy montèrent le long de son dos et lui donnèrent un frisson. Ils redescendirent sur ses hanches, puis...

— Judy, Judy, Judy... Que dirait M. le curé ?

Le lendemain, ils s'éveillèrent aux coups frappés doucement à leur porte. Tante Hazel fit son entrée, portant un plateau chargé de thé et de biscuits et du journal du matin pour Harris. Ils la remercièrent tout en déployant des efforts méritoires pour demeurer couverts tandis qu'elle s'affairait autour de la pièce, ouvrant les rideaux, ramassant la bouillotte abandonnée. Alors qu'elle reprenait ses commentaires intarissables sur le temps, les voisins et l'état du carré de choux verts de Mme Greens, Judy se mit à pincer fort hypocritement le derrière nu de Harris sous les draps.

Déployant des efforts courageux pour ne pas crier, il s'empara de son poignet et s'assit sur sa main. Puis il entreprit de la pincer à son tour.

Quand elle fut incapable de se retenir de crier plus longtemps, Judy dut se mettre en devoir d'expliquer à sa tante, surprise, entre deux éclats de rire, qu'elle avait des crampes dans le pied. Tante Hazel introduisit aussitôt une main sous les couvertures, s'empara du pied de Judy et entreprit de le masser vigoureusement. Harris pouffait derrière son journal largement déployé en paravent.

A dix heures, ils s'habillèrent et descendirent prendre leur petit déjeuner. La tante leur demanda comment ils comptaient occuper cette longue journée, laissant entendre qu'ils pourraient peut-être l'accompagner à la vente de charité. Ils s'excusèrent en prétextant leur désir d'aller visiter la patrie de Shakespeare et d'y rester déjeuner. Après leur avoir recommandé d'être bien prudents sur la route de Stratford-upon-Avon, elle percha sur sa tête un audacieux chapeau de paille, se saisit de son sac à provisions et leur fit au revoir de la main. A la grille, elle se retourna pour un dernier adieu. Ils firent la vaisselle et, pendant que Judy faisait le lit, Harris nettoya la cheminée du salon et ralluma un feu. Tout en se demandant quel besoin la vieille fille pouvait bien avoir d'un feu par un temps pareil, il était obligé de reconnaître que ça donnait un petit air accueillant à la maison.

Ils finirent par sauter dans la voiture pour prendre la route de Stratford en chantant à tue-tête à travers la campagne.

Ils eurent du mal à trouver où se garer et Harris regretta aussitôt l'idée de cette visite. La vieille ville était envahie de touristes, d'automobiles et de cars. C'était sa première visite et il s'attendait à découvrir des maisons moyenâgeuses à colombages dans des ruelles désertes pavées de têtes-de-chat. Furieux de sa propre naïveté qui l'avait empêché de prévoir l'évidence : une attraction touristique comme celle qu'exerçait la petite ville ne pouvait manquer d'en gâcher très vite l'authenticité sous le clinquant des entreprises commerciales. Il finit par trouver une ruelle éloignée où se garer. Marchant vers le *Royal Shakespeare Theatre*, il remarqua que bien des vieilles rues avaient finalement conservé leur charme originel mais que la foule multi-raciale aux accents aussi variés que cacophoniques en détruisait l'atmosphère vieillotte. Plus ils se rapprochaient du théâtre, plus la foule épaississait.

Quand ils arrivèrent au théâtre, bâtisse massive et peu engageante, ce fut pour le trouver fermé.

— Faisons un tour en barque, sur la rivière, proposa Judy qui sentait monter la déception de Harris.

Mais la rivière elle-même était encombrée d'une foule de bateaux de toutes sortes.

— Prenons un verre.

Harris se dirigea vers le pub le plus proche, dédaignant au passage les nombreuses vitrines derrière lesquelles des Yankees aux cheveux en brosse et leurs épouses à lunettes en ailes de papillon dévoraient des *wimpies, hamburgers, hot dogs* et autres saletés. Ils pénétrèrent dans un bar sombre où tout semblait n'être que vieux bois et dalles de pierre. Les serveuses portaient des costumes moyenâgeux et souriaient gentiment en faisant face à la foule. C'est déjà mieux, songea-t-il en commandant une pinte de brune, un verre de vin et deux sandwiches au jambon-tomate. Il apporta son verre à Judy qui s'était assise sur un banc devant une table de chêne et repartit chercher sa bière. Il revint s'asseoir près d'elle et lui prit la main pour bien lui montrer que son humeur n'était pas dirigée contre elle.

— C'est pas si mal ici, non ?

Il se détourna pour examiner une épaisse poutre de bois qui montait du sol dallé jusqu'au plafond bas. Il tendit la main pour en apprécier le grain du bout des doigts.

Du plastique.

— Merde !

Comme ils sortaient du pub, la pluie commença de tomber à verse. Ce n'était qu'une ondée, mais les touristes commencèrent à se réfugier en troupeau sous chaque porche. Des imperméables et des chapeaux de plastique transparents firent leur apparition. Un couple courant se mettre à l'abri les bouscula au passage.

— On se tire, Judy, proposa Harris.

Il lui prit le bras et la conduisit vers la voiture. Ils marchaient à grandes enjambées et, une fois à la voiture, s'y assirent pour reprendre souffle. Harris n'eut pas le temps de terminer une cigarette que la pluie avait cessé. Le soleil se montra. Les gens commencèrent à émerger de leurs abris, riant, s'interpellant. Un car se rangea de l'autre côté de la route et déchargea une cargaison d'excursionnistes qui bâillaient, s'étiraient et cherchaient les toilettes à qui mieux-mieux.

— Regarde-moi ces bonnes femmes ! dit le prof, ébahi. Elles sont toutes pareilles. Toutes grasses, toutes porteuses des mêmes lunettes. Je n'y crois pas, c'est un cauchemar !

Judy éclata de rire. Il avait raison. Elles étaient effectivement toutes semblables. Il se sentit un peu mieux, sans trop savoir pourquoi. A tout le moins, il était capable de rire de l'anéantissement de ses illusions sur le village natal de Shakespeare. Il mit son moteur en marche et ils gagnèrent la campagne.

En sortant de la ville il se sentit profondément soulagé. Il respirait de nouveau. Il ne comprenait pas très bien pourquoi la foule lui avait fait un tel effet. Les gens lui avaient inspiré de la répulsion, non pas à titre individuel, mais en masse. Assez bizarrement c'était le même genre de répulsion que celle que lui avaient inspiré les rats. Le sentiment d'une menace.

— Dis donc, je ne serais pas en train de devenir cinglé, Judy ?

— Non, mon chéri. Tu t'es simplement trouvé projeté au milieu d'une foule au pire endroit et au pire moment. Nous sommes venus ici pour échapper à la ville et nous nous sommes retrouvés au beau milieu de notre vie quotidienne.

Plus les routes devenaient petites et peu fréquentées, plus il se sentait libre. Ils aperçurent une colline assez élevée, couronnée d'arbres et dont les pentes, occupées par diverses cultures, passaient du jaune brillant au vert le plus profond. Des moutons y paissaient un bout de prairie.

— Que dirais-tu d'une petite grimpette ? demanda Harris à Judy.

— D'accord.

Il se gara sur le bas-côté herbu. Ils enjambèrent une barrière et rôdèrent à la lisière des champs, Judy lui apprenant à reconnaître le blé, l'orge et l'avoine. Harris jouissait de sa propre ignorance.

Sous l'œil des moutons, ils franchirent une nouvelle barrière. La pente de la colline s'accentuait. En approchant du sommet, ils commencèrent à se ressentir de l'effort et s'accrochèrent l'un à l'autre en riant et en soufflant. Ils parvinrent à la limite du bosquet et y découvrirent un sentier qui conduisait jusqu'au sommet. Là s'étendait un plateau occupé par de nouveaux champs cultivés, les bois reprenant un peu plus loin en contrebas.

Ils se laissèrent tomber sur la pente herbue et se reposèrent, les yeux perdus sur les collines environnantes, les petites maisons, les rubans gris qui étaient des routes. Une légère brise remuait l'air tiède.

— Ça va mieux ? demanda Judy.

— Oui.

— Respire un bon coup.

Il tendit la main vers elle.

— C'est si tranquille. Personne. Ça remet les choses à leur vraie place, je ne sais pas pourquoi.

Un mouton séparé du troupeau passa devant eux.

Une fois passé, il se retourna et bêla dans leur direction avant de s'enfuir de sa démarche boitillante.

— Toi-même ! hurla Harris.

7

DAVE Moodie s'appuyait contre le mur du métro, dans cette station crasseuse, rejetant de temps à autre la tête en arrière pour siroter le contenu d'un berlingot de lait. « J'en ai ma claque de cette poule », se disait-il, les yeux perdus dans le vague grisâtre de la station. La même nana, trois fois par semaine, depuis deux mois, c'était un peu fort. Cinoche le mercredi, dancing le samedi, télé le dimanche et v'là t'y pas qu'elle voulait qu'y renonce à son foot du vendredi, maintenant ? Cause toujours ! Si z'avaient été fiancés, au moins ! Mais tiens ! Janie devenait de plus en plus possessive, critiquant ses amis, ses fringues, le reprenant sur son langage. Et tout ce cirque : la course pour attraper le dernier train, les foutues marches de l'escalier du métro, il en avait loupé une et il avait bien failli se casser la cheville. Si encore ça valait le coup ! Mais c'était la soirée entière à essayer de la dégeler un peu, la main baladeuse, le corps à corps bas les pattes acharné ! Et puis, quand c'était l'heure de se dire au revoir, alors là, boum ! toute chaude la gonzesse, engageante. Ses copains lui avaient dit que c'était une allumeuse mais il avait refusé de les croire, il en avait même tatanné un.

« Je me la tringlerai peut-être la semaine prochaine », se dit-il à voix haute pour donner plus de corps à sa rêverie. Il se mit à siffler. Mais c'était dingue ce qu'il pouvait avoir envie de la voir quand le mercredi suivant s'amenait. Il cessa de siffler. Elle avait toujours fière allure, se fringuant toujours vachement bien. Sa mère lui tapait sur les nerfs mais il la voyait rarement. Son père était un vieux feignant aussi. Pas comme ses vieux à lui. Il s'entendait bien avec ses vieux. Y avait toujours une liquette propre et repassée pour lui, le samedi soir, et un bon dîner bien chaud quand il rentrait du boulot. Quant à son vieux, il était toujours prêt à se laisser taper de cinq sacs vers la fin du mois. C'est peut-être bien qu'il était fils unique. Depuis que son grand frère avait été renversé et tué par une voiture, c'était comme si les vieux avaient reporté toute leur affection sur lui. Bah, ça tombait bien, puisqu'il les aimait, lui aussi.

Il pouvait toujours amener des copains pour une boum à la maison. Son vieux participait à l'achat de la bière, sa vieille était toujours prête à danser avec les potes. Le vieux baratinait même les nanas ! Non, y z'étaient vraiment pas comme les parents de Janie — les vieux salopards.

Ses pensées furent interrompues par un bruit de pas dans l'escalier. Un employé du métro, un négro, fit son apparition et se dirigea lentement vers l'autre bout du quai et s'engouffra dans une porte marquée « privé ».

Les pensées de Dave revinrent à sa situation présente. Qu'est-ce qu'y branlait ce foutu métro ? Pour une fois qu'il s'amenait à l'heure c'était pour poireauter dans la grisaille pisseuse. Janie l'accompagnait toujours jusqu'à la porte pour un dernier baiser, sa passion semblait monter au fur et à mesure que lui, Dave, pensait surtout à ne pas louper le dernier métro ! Elle finissait par le fâcher, attendant sur le pas de la porte jusqu'à ce qu'il ait disparu.

Il se retournait nonchalamment, deux ou trois fois, agitant la main, et elle lui envoyait des baisers mais dès qu'il avait tourné le coin, il prenait ses jambes à son cou, les poumons douloureux sous le coup de l'effort soudain. Il parvenait toujours à la station avec un point de côté, franchissait les barrières à toute pompe, sans payer, descendait l'escalier quatre à quatre et avait en général tout juste le temps de bondir dans le wagon de queue avant la fermeture des portes. Heureusement que Janie n'entendait jamais les jurons épouvantables qu'il proférait quand il lui arrivait de louper le train. Ça voulait dire une bonne demi-heure de marche par Commercial Road, une rue qu'était loin d'être sans histoire. Il y avait toujours une bande qui cherchait la bagarre à un coin de rue, ou un détraqué planqué dans une porte cochère. Dave était pas lâche, mais c'était vraiment pénible.

Un mouvement furtif accrocha son regard. Une forme sombre se déplaçait rapidement le long des voies. Il marcha jusqu'au bord du quai et regarda dans l'obscurité du tunnel. Rien. Il remarqua alors que la forme s'était arrêtée. Il comprit que ce devait être un rat et il lança son berlingot vide dans sa direction pour voir s'il pouvait le mettre en fuite vers l'obscurité du tunnel. Mais la forme se contenta de se tapir derrière le rail électrique. Le garçon releva brusquement la tête en entendant des bruits qui sortaient de la caverne ténébreuse. Ce n'était pas le bruit d'un métro. Il jeta de nouveau un coup d'œil à la forme tapie sur les voies puis reporta son regard vers le tunnel. C'est alors que des centaines de formes noires se déversèrent du tunnel, entre les voies et sur le quai.

Il tourna les talons et se mit à courir avant d'avoir eu le temps de comprendre que c'étaient des rats, beaucoup plus gros que la normale mais aussi beaucoup plus rapides. Il atteignit le pied de l'escalier, un flot de vermine noire sur les talons. Il se jeta dans l'escalier, il glissa mais rattrapa vite son équilibre, se raccrochant à la rampe, la tirant pour monter plus vite. Mais un rat l'avait dépassé et il posa le pied dessus ce qui le fit trébucher une seconde fois. La main qu'il posa sur une marche pour ne pas tomber laissa trois doigts entre les dents aiguisées comme des lames de rasoir. Il hurla de terreur, envoyant d'un coup de pied deux rats retomber sur le dos de leurs congénères. Il tenta d'aller de l'avant, alourdi par les rats qui s'accrochaient à ses vêtements, à sa chair. Il retomba, heurtant l'aile de son nez à l'angle d'une marche. Du sang gicla sur sa chemise à col boutonné.

Malgré ses hurlements et ses coups de pied dans toutes les directions, ils le tirèrent en arrière, le firent rouler jusqu'au bas de l'escalier, déchiquetant son corps agité de mouvements désordonnés, comme s'il se fut agi d'une poupée de son. Ses hurlements se répercutèrent dans la vieille station. Il eut la force de se redresser à demi et avant de perdre conscience, d'appeler sa mère.

Errol Johnson ouvrit la porte marquée « privé » et se précipita dehors. Il avait entendu les cris et supposait que quelqu'un était tombé dans l'escalier. Il savait que cela devait se produire un jour ou l'autre — ces escaliers étaient mal éclairés. Si jamais il devenait un jour chef de gare, le jour où un nègre pourrait devenir chef de gare, il veillerait à la faire nettoyer et à en faire une station convenable. Ce n'est pas parce qu'une station n'a guère d'usagers qu'il faut en faire une porcherie.

Il s'arrêta net devant le spectacle qui s'offrait à sa vue, la bouche grande ouverte.

Des millions de rats grouillaient dans la station. Et des gros, comme ceux qu'il avait vus dans son pays et même plus gros. Il ne prit pas le temps de s'en assurer. Il se mit à courir, sans regarder derrière soi. Il n'y avait pas à hésiter. Il était coupé de l'escalier par une masse de rongeurs en furie. Il descendit les quelques marches qui conduisaient à l'obscurité protectrice du tunnel. Sa peur le jeta à la rencontre du train qui arrivait. La mort le délivra sans qu'il l'ait sentie venir.

Le conducteur, qui avait déjà commencé à freiner, poussa la manette à fond, envoyant dinguer les rares passagers dans les wagons. Sortant du tunnel dans le hurlement de protestation des roues, il découvrit une scène devant laquelle sa réaction instinctive fit son propre salut et celui de ses passagers : il relâcha le frein et poursuivit sa route.

Les rats se figèrent et lancèrent des regards furibonds à l'énorme monstre qui venait les déranger. Ceux qui se trouvaient sur la voie s'applatirent, terrorisés par le grincement suraigu des roues.

Les passagers regardaient fixement par les fenêtres, frappés de stupeur, persuadés que le métro s'était égaré dans les corridors de l'enfer. Comme le train reprenait de la vitesse, les rats commencèrent à se jeter contre les fenêtres, certains retombaient entre le quai et la voie pour être broyés par les roues. L'un d'entre eux brisa une vitre et se jeta à la gorge de l'unique passager du wagon. C'était un costaud qui parvint à arracher l'horrible animal de sa gorge. Le rongeur lui déchira les mains à coups de griffes et de dents, il cria de douleur mais tint bon. Sa frayeur décuplait ses forces et la rapidité de ses réflexes. Il jeta le rat par terre et lui écrasa le crâne d'un coup de talon. Il ramassa le corps désarticulé, stupéfait par sa taille, puis le jeta par la fenêtre brisée, dans le tunnel noir que le métro parcourait maintenant. Il se rassit, effaré, soulagé, ignorant que, dans vingt-quatre heures, il serait mort.

Le chef de gare faillit s'étrangler avec son thé quand il entendit les hurlements. Il cracha, toussa, tentant de reprendre son souffle. Pourquoi fallait-il que sa gare soit le lieu de réunion de tant de voyous, pendant le week-end ? Encore une rixe ! Et surtout le samedi, les stations de métro sont toujours assez agitées, le samedi soir, avec les clodos et les ivrognes. Mais, d'habitude, le dimanche ça n'allait pas trop mal. Pourvu que ce chimpanzé d'Errol n'y soit pas mêlé. Il se mêle de tout, celui-là ! Toujours à donner son avis, des conseils, et puis quoi encore ! Il se croit à Charing Cross, peut-être, toujours à cajoler les clochards, au lieu de les foutre à la porte.

Shadwell, c'était la station qui lui plaisait, à lui. C'était tranquille si on comparait à la plupart des autres. D'accord, c'était crasseux, mais il n'y avait pas grand-chose à faire avec un vieux dépotoir comme celui-là. Et puis ça tenait les usagers à l'écart et c'est tout ce qu'il demandait, le chef de gare !

Quand il eut repris haleine, il enfila sa veste d'uniforme et sortit du bureau de distribution des tickets. Sans se presser, il gagna le sommet de l'escalier conduisant au quai numéro I.

« Qu'est-ce qui se passe là-bas ? » beugla-t-il, les yeux plissés, cherchant à percer la demi-obscurité. Il entendit un cri qui pouvait bien être « Maman ! » et distingua une grosse forme noire.

Il descendit prudemment quelques marches et demanda :

— Allez, allez, qu'est-ce qui se passe ?

Il lui sembla que la forme noire se brisait en formes plus petites qui entreprirent de gravir l'escalier dans sa direction. Il entendit un train qui s'arrêtait en grinçant puis, pour une raison inconnue, qui reprenait de la vitesse et traversait la station sans s'arrêter. Il entendit les cris aigus qui montaient vers lui — des centaines de souris ! Il comprit que les animaux montaient à sa rencontre — et que ce n'était pas des souris, mais des rats. D'horribles gros rats. Noirs, hideux.

Il se déplaça avec une vitesse étonnante pour un homme de sa corpulence. Il refit en deux bonds les quelques marches qu'il avait descendues et se précipita dans le bureau de distribution des billets dont il claqua la porte derrière lui. Il s'appuya contre la porte quelques instants pour reprendre son souffle et donner aux battements de son cœur le temps de se calmer. Il se dirigea vers le téléphone et composa le numéro de la police d'un doigt tremblant.

— Police ! Vite ! Ici le chef de gare Green, de la station de Shadwell, je...

Un bruit lui fit lever les yeux. Un énorme rat noir, l'air mauvais, le dévisageait à travers l'hygiaphone du guichet.

Il laissa tomber le téléphone et courut au fond du bureau. Les fenêtres munies d'épais barreaux s'opposaient à toute fuite. Désespéré, il jeta un coup d'œil autour de la petite pièce. Il aperçut le placard où les hommes des équipes de nettoiement rangeaient leurs seaux et leurs balais. Il ouvrit la porte en tremblant de frayeur et se rencogna à l'intérieur, tirant la porte derrière lui. Il s'accroupit à demi dans l'obscurité, tremblant de tous ses membres, la sueur ruisselant sur son gros corps mais ne suffisant pas à expliquer l'humidité poisseuse de ses jambes de pantalon ; il osait à peine respirer. Ce hurlement ! C'était probablement Errol, ou quelqu'un qui attendait le métro. Ils l'avaient bouffé et maintenant ils venaient le chercher, lui ! Le conducteur n'avait pas arrêté son train. Il devait les avoir vus. Et il n'y a personne d'autre dans la station. Mère de Dieu ! Qu'est-ce que c'est que ça ? Qu'est-ce que c'est que ce bruit ? Ils sont dans le bureau ! Ils sont en train de ronger la porte du placard !

8

Huit heures trente. Heure de pointe. La ruée du lundi matin. Les passagers du métro sont plongés dans leurs journaux et leurs romans ; d'autres dorment ou somnolent ; bavardent ou réfléchissent ; assis ou debout. Il y a même, de temps à autre, un éclat de rire. Des aides-comptables au coude à coude avec des directeurs financiers ; des dactylos avec des mannequins ; des femmes de ménage avec des cadres supérieurs ; des archivistes avec des perfos ; des Noirs avec des Blancs. Les hommes examinent ouvertement ou secrètement les jambes des femmes ; les femmes soutiennent leur regard ou font semblant de n'avoir rien remarqué. Les esprits sont pleins de souvenirs de week-end, presque vides.

Jenny Cooper, assise, lisait le courrier du cœur d'un magazine féminin, souriant parfois aux situations ridicules dans lesquelles certaines femmes semblent se faire une spécialité de toujours se retrouver. Certaines réponses la faisaient rire, elles aussi. Elle continua de feuilleter distraitement son hebdomadaire, sans s'intéresser aux mots imprimés, mais laissant errer son esprit sur les souvenirs de la soirée de samedi. Elle était impatiente d'arriver au boulot pour raconter tout ça à ses copines, leur parler du garçon formidable qui l'avait raccompagnée chez elle — surtout Marion, qui collectionnait les flirts et n'en laissait jamais rien ignorer. Jenny se trouvait un peu quelconque ; ses yeux étaient trop petits et un peu trop rapprochés, son nez un tout petit peu trop long. Mais elle avait de jolies jambes ; allongées, ni trop minces ni trop grosses. Et ses cheveux étaient toujours bien soignés. Jolies boucles, jolie couleur. Et son visage était assez agréable, à condition qu'elle ne sourie pas trop largement. En tout cas, elle plaisait vraiment à ce garçon — il le lui avait dit. Elle avait déjà eu des flirts mais aucun n'avait été comparable à ceux de Marion. C'était des garçons qu'elle aimait bien mais dont elle avait toujours un peu honte, en public. Celui-là était différent. Il était au moins aussi beau que les plus beaux que Marion ait eus. Et il lui avait demandé si elle voulait bien sortir avec lui ! Ce soir même. Pour aller au ciné. Elle mourait d'impatience de pouvoir le montrer à ses copines ; Marion en serait verte.

Assise à côté de Jenny, Violet Melray lisait un roman historique. Elle se projetait toujours totalement dans ce genre d'aventure, connaissant exactement les sentiments de l'héroïne, souffrant avec elle, connaissant ses angoisses, ses joies, son bonheur. Devant les exploits chevaleresques du héros, devant l'exquise délicatesse dont il faisait preuve à l'égard de la pure, tendre et douce héroïne, elle soupirait. Elle se souvenait des années où George lui faisait la cour. Comme il s'était montré romantique, alors... Arrivant toujours avec des fleurs, des cadeaux, des poèmes. Toujours plein d'attentions charmantes. Mais aujourd'hui, seize ans et trois enfants après... Il lui passait plus volontiers la main dans le dos qu'il ne lui prenait le menton. C'était un brave homme, certes, elle le savait, très simple, mais très doux.

Il avait su se montrer un bon mari pour elle et un bon père pour les enfants, toujours fidèle, toujours patient. Leur amour s'était adouci avec les années sans s'envoler en fumée comme cela semble arriver à tant de couples. Mais si seulement il avait pu être un peu moins raisonnable ! A chaque situation nouvelle, il faisait face avec logique plutôt qu'avec émotion ;

l'émotion était toujours soigneusement mesurée, jamais on ne lui donnait libre cours. S'il pouvait la surprendre une fois. Faire quelque chose d'étonnant ; la tromper, non, mais ne serait-ce que jeter les yeux sur une autre femme. Perdre de l'argent aux courses, rentrer ivre un soir. Ou donner un bon coup de poing dans la figure de son frère Albert ! Mais non, elle n'arriverait jamais à le changer. Ce n'était pas sa faute à lui si elle avait parfois soif d'aventures romanesques, de pittoresque, d'imprévu. A quarante-deux ans, elle aurait dû surmonter ce penchant depuis longtemps. Maintenant que les enfants allaient à l'école et n'avaient plus guère besoin d'elle, son unique exutoire était l'emploi à mi-temps qu'elle occupait dans une compagnie d'assurances. Les hommes y étaient assez sinistres mais les filles du bureau l'amusaient. Ça l'occupait, en tout cas. Et elle avait assez à faire, le reste du temps, avec son mari et ses enfants. Elle se répéta qu'elle ne devait pas oublier d'aller chez le libraire, à midi, pour acheter un nouveau roman.

Henry Sutton se raccrocha à la barre tandis que le train prenait un virage assez sec dans un tunnel en courbe. Il essayait de lire son journal plié en quatre mais, chaque fois qu'il le dépliait pour tourner une page, il était sur le point de perdre l'équilibre. Il finit par renoncer à cet exercice désagréable. Il regarda la femme qui était assise devant lui, plongée dans la lecture d'un livre, et se demanda à quelle station elle descendait. Elle en avait sûrement pour un bout de temps : les lecteurs de livres effectuaient en général de longs parcours. Aurait-il plus de chance avec la jeune fille assise à côté d'elle ? Non. Une employée de bureau. Ne descendrait pas avant la City, ou le West End, et nous ne sommes pas encore à Stepney Green. Avec les années, Sutton était devenu un expert à ce genre de petit jeu. Ça marchait encore mieux le soir que le matin. Il savait se placer devant la personne qui descendrait bientôt. Vingt ans de service chez un avoué assez bien installé lui en avaient beaucoup appris sur les gens. Sa vie était régulière — rien de bien excitant, un petit cas scandaleux par-ci par-là — les jours se suivaient et se ressemblaient. Jamais de meurtre, de viol ou de chantage — surtout des divorces, des abus de confiance, des opérations immobilières. Le truc solide. Monotone pour la plupart, parfois franchement sinistre. La sécurité. Il était heureux d'être resté célibataire, sans avoir à se soucier des enfants, des voisins, de l'école, des vacances. Il vivait comme bon lui semblait. Encore qu'il n'avait pas grand-chose à faire. Il jugeait bon de vivre dans une certaine réserve pour ne pas se laisser mêler aux histoires des gens. Son travail lui fournissait son content de ce genre de choses — encore qu'il se gardât bien de jamais s'intéresser à une affaire d'un point de vue personnel et sentimental. Le chœur de sa paroisse constituait l'unique activité sociale à laquelle il participait avec joie — répétitions une fois par semaine et chant le dimanche matin. Il y allait de tout son cœur, c'était la seule forme d'exhibitionnisme qu'il se permît.

Soulevant ses lunettes, il se massa les ailes du nez. Les lundis n'étaient ni pires ni plus agréables que les autres jours de la semaine pour Henry Sutton.

Le train accusa soudain une secousse et s'arrêta dans un grand crissement de roues ; surpris et confus, Henry Sutton se retrouva sur les genoux de Violet Melray et Jenny Cooper.

— Ex-excusez-moi ! bégaya-t-il en se relevant, rouge de confusion.

La même mésaventure était arrivée à bon nombre de voyageurs qui se relevaient maintenant, qui riant, qui protestant avec colère.

— Et voilà ! Encore vingt minutes de retard ! annonça à haute voix un petit malin.

Il se trompait. Debout ou assis, les passagers attendirent quarante minutes, essayant de comprendre ce que le conducteur et le chef de train se racontaient en vociférant. Se trouvant dans le wagon de tête, Jenny, Violet et Henry entendirent la presque totalité de la conversation. Le conducteur avait aperçu quelque chose sur la voie, il ne savait pas exactement quoi, mais quelque chose ou quelqu'un d'assez grand. Il avait freiné à mort et coupé le courant. S'étant dit que, homme ou animal, la chose avait probablement été tuée dans le choc avec le train, il avait décidé de repartir et d'envoyer une équipe de secours puisqu'il ne pouvait pas faire grand-chose d'autre. Mais alors impossible de remettre le jus. Plus de courant. Est-ce que la chose avait endommagé le train — ça lui semblait douteux. Alors ? Un câble défectueux, peut-être ? On lui avait déjà raconté des histoires de câble rongé par les rats.

Il était alors entré en contact avec le centre de contrôle qui lui avait conseillé de patienter un moment, pendant que la panne était localisée puis réparée. Mais l'odeur de fumée le décida à l'action. Les passagers se rendirent compte que quelque chose brûlait en même temps que lui et commencèrent à s'agiter.

Stepney Green, la station suivante, n'était plus guère éloignée ; il décida donc de faire descendre ses passagers dans le tunnel. Les passagers étaient très nombreux et ce serait une opération assez dangereuse. Moins toutefois qu'une panique à l'intérieur des wagons. Des éclats de voix surexcitées lui parvenaient déjà du premier wagon. Il annonça ses intentions au chef de train et ouvrit la porte de communication, des visages anxieux se tendirent vers lui.

— Tout va bien, leur assura-t-il avec une confiance jouée. Un petit pépin, c'est tout. Nous allons longer le tunnel jusqu'à la prochaine. Ce n'est pas très loin et il n'y a plus de courant dans le rail.

— Mais ça sent le brûlé, lui indiqua un homme d'affaires assez inquiet.

— Ce n'est pas un problème, monsieur. Ce sera vite réparé, il n'y a pas de quoi s'inquiéter. — Il se

70

dirigea vers l'extrémité du wagon. — Je m'en vais prévenir les autres passagers et je reviendrai pour vous guider le long du tunnel.

Il s'engouffra dans le wagon suivant, abandonnant les voyageurs à un silence plein d'appréhension.

Quelques instants plus tard, ils entendirent un hurlement suivi de plusieurs cris d'alarme. La porte de communication s'ouvrit à la volée et d'autres voyageurs se déversèrent à l'intérieur du wagon, tentant de se frayer un passage parmi la foule. L'odeur de brûlé les suivait de près. L'hystérie se répandit plus vite encore que le feu qui en était la cause.

Henry Sutton se retrouva sur les genoux des deux femmes.

— Mon Dieu, mon Dieu ! marmonna-t-il en retenant ses lunettes qui avaient glissé sur le bout de son nez.

Cette fois-ci, la foule l'empêcha de se dégager et de soulager les deux femmes. Ils furent contraints de rester quasiment enlacés, tandis que des hommes et des femmes se frayaient un chemin autour d'eux, terrorisés par la fumée dont les volutes envahissaient maintenant le wagon. Des empoignades opposaient des fuyards à ceux qui leur bloquaient le chemin. Tout le long du train, on commençait à forcer des portes, et les voyageurs se jetaient dans le tunnel noir, certains s'assommant contre le mur pour finir piétinés par ceux qui les suivaient.

Violet essayait de respirer sous le petit employé qui l'écrasait tandis que Jenny se débattait pour tenter de se dégager.

— Je suis absolument navré, mesdames, s'excusat-il, totalement incapable de bouger. Si... Si nous savons garder notre calme, je pense que la foule ne tardera pas à s'éclaircir et que nous pourrons sortir sans problème. Nous avons tout le temps.

Bizarrement, Henry se sentait parfaitement calme. Il s'étonnait lui-même d'une telle maîtrise de soi chez un être si peu coutumier de l'aventure. Il s'était souvent demandé s'il saurait faire preuve de courage dans une situation dramatique et voilà qu'entouré de gens qui hurlaient, se bousculaient en proie à la plus vive panique, son propre sang-froid le surprenait. Il était très satisfait.

La voiture commençait à se vider ; la plupart des gens s'étant précipités par les portières pour échapper à la fumée.

— Ah, je crois que je vais pouvoir me remettre debout. — Il se remit sur pied et tendit la main pour aider la femme et la jeune fille à en faire autant. — Je pense que nous ferions bien de rester ensemble, mesdames. Quand nous serons dans le tunnel, nous nous tiendrons par la main et nous tenterons de nous guider sur le mur. J'ouvrirai la route, allons-y.

Il conduisit les deux voyageuses terrorisées vers l'avant du wagon. Soudain, les hurlements redoublèrent. Dans l'obscurité du tunnel, éclairées par les lumières du train, ils aperçurent des silhouettes qui se débattaient. Il y avait tant de visages, dehors, qu'ils ne comprirent pas très bien ce qui se passait. Henry eut, l'espace d'un éclair, la vision d'un homme en chapeau melon qui disparut à sa vue derrière la fenêtre, quelque chose de noir sur le visage. En atteignant la porte restée ouverte de la cabine du « machiniste » — en jargon administratif — ils comprirent que des gens se battaient pour essayer de remonter dans le train mais se heurtaient à ceux qui tentaient toujours d'en descendre.

Henry et ses deux compagnes pénétrèrent dans la cabine obscure et déserte.

— Voyons, voyons, dit Henry qui se parlait plutôt à lui-même, il devrait y avoir une torche ou une lanterne quelque part par ici. Ah, exactement ce que je cherchais.

Il tendit la main et s'empara d'une longue torche gainée de caoutchouc rangée dans un coin. Un bruit soudain lui fit jeter les yeux vers la porte ouverte du conducteur. Quelque chose de noir se tenait tapi là. Il alluma la torche et dirigea le rayon lumineux dans cette direction. Jenny poussa un hurlement en apercevant deux yeux mauvais qui reluisaient. Aussitôt, sans bien comprendre ce qu'il faisait, Henry lança son pied en avant, atteignant le rat à la tête et l'envoyant dinguer dans le tunnel.

— C'est l'un de ces gros rats noirs dont parlaient les journaux ! cria Violet, horrifiée.

Jenny éclata en sanglots, enfouissant sa tête dans l'épaule de son aînée. Henry dirigea sa torche vers l'obscurité du tunnel et resta hébété de la scène qu'il aperçut. Dans l'espace confiné, des hommes et des femmes couraient en tous sens, se battaient, tombaient, au milieu de centaines de rats qui se livraient à une épouvantable sarabande, bondissant, déchirant, leur soif de sang atteignant à la frénésie. Il ferma rapidement la porte et tourna ses regards vers l'arrière du wagon. Il vit que les rats avaient réussi à pénétrer dans le train et attaquaient les passagers qui n'avaient pas eu le temps d'en descendre et ceux qui avaient réussi à y remonter. Il claqua la porte de communication et éteignit sa torche.

Il tremblait légèrement mais parvint à dominer le tremblement de sa voix.

— Le mieux que nous ayons à faire est de rester tranquilles ici un moment.

Ils sursautèrent tous les trois quand ils entendirent quelque chose heurter la porte. Jenny se mit à geindre à haute voix, Violet faisant de son mieux pour la calmer.

— Tout va bien, ma petite, ils ne peuvent pas entrer ici.

— Mais il ne faut pas faire le moindre bruit, ajouta Henry avec douceur. Il ne faut pas qu'ils nous entendent. Je pense que j'ai cassé les reins de celui qui était là ; aucun risque de ce côté-là. Je propose que nous nous baissions et que nous nous tenions aussi tranquilles que possible.

Il aida la jeune fille qui sanglotait et dont le corps était parcouru de frissons spasmodiques à s'asseoir à côté de Violet. Puis il jeta un coup d'œil par la fenêtre. Il regretta aussitôt de l'avoir fait. Dans son esprit se grava une image dont il sut qu'il ne l'oublierait jamais aussi longtemps qu'il — il préféra écarter aussitôt cette idée de vie et de mort. Ce qu'il avait vu était un cauchemar, une scène de l'enfer. Des membres sanglants, des visages mutilés, des corps éventrés. Juste en face de lui, le dos au mur, se tenait un homme dont les yeux sans vie semblaient rivés sur les siens, il se tenait là, raide, tandis que trois ou quatre rats se repaissaient de ses jambes nues. Une grosse femme, entièrement nue, poussait des cris pitoyables en essayant de se débarrasser des rats qui s'accrochaient à ses seins considérables. Un jeune homme de dix-huit ans cherchait à gagner le toit des wagons en grimpant pieds au mur et dos appuyé contre la paroi des voitures. Un énorme rat grimpa le long du mur et lui sauta dessus, le faisant retomber sur le sol. L'air était plein de hurlements. Des appels au secours lui martelaient la cervelle. Tout cela dans la demi-obscurité qui régnait aux alentours immédiats du train, par opposition aux ténèbres du tunnel, comme si toute la scène se fût passée dans les limbes. Et partout, grouillant, les créatures à fourrure noire, grimpant le long des murs, bondissant, courant, ne cessant de s'agiter que pour se gorger de chair et de sang, quand leurs victimes cessaient de se débattre.

Henry tomba à genoux et fit le signe de croix.

Il tressauta quand une main se posa sur son épaule.

— Qu'est-ce que nous allons faire ? lui demanda Violet cherchant à distinguer ses traits dans l'obscurité.

Il s'efforça de chasser l'épouvantable scène de son esprit.

— Attendons un peu... pour voir ce qui va se passer. Ils finiront bien par envoyer quelqu'un dans le tunnel, aux renseignements. Ça ne devrait plus être long, maintenant...

Il tendit la main vers celle de Violet et la tapota doucement. Secrètement, il commençait à jouir de la dépendance de cette femme. Jusqu'alors, le sexe faible l'avait surtout intimidé, et voilà que, dans ce chaos, il découvrait un autre aspect de sa timide nature. Un sentiment de fierté commença à diluer sa peur.

Soudain, les hurlements cessèrent. Ils restèrent immobiles quelques instants, l'oreille tendue. Puis ils entendirent les gémissements. D'abord un seul, semblait-il, puis tout un chœur plaintif. Le tunnel entier s'emplit de sanglots, de plaintes, d'appels à l'aide. Mais plus de hurlements. Comme si ces gens au corps mutilé, navré, savaient que rien de plus ne pouvait leur arriver. L'irréparable horreur ayant été perpétrée, il ne leur restait plus qu'à vivre ou mourir.

Henry se redressa et regarda par la fenêtre. Il aperçut un ou deux corps étendus à proximité, l'obscurité dérobant tout le reste.

— J'ai l'impression qu'ils sont partis. — Il se retourna vers les deux femmes. — Je ne vois plus trace de leur présence.

Violet se mit à genoux et risqua un coup d'œil à l'extérieur.

— Mais… Qu'est-ce que c'est que ça ? Vous voyez cette lueur rouge ?

Henry se leva d'un bond.

— Bien sûr ! L'incendie ! Il doit s'étendre. Il aura effrayé les rats. Il faut sortir.

— Non ! hurla Jenny. On ne peut pas sortir ! Ils nous guettent.

— Mais on ne peut pas non plus rester ici, lui expliqua-t-il, non sans douceur. Ecoutez, je crois vraiment qu'ils sont partis. Je vais sortir le premier pour voir, et puis je reviendrai vous chercher, d'accord ?

— Ne nous laissez pas !

Violet s'accrochait à son bras. Il lui sourit, son visage maintenant éclairé par la lueur de l'incendie. C'était une très belle femme. Mariée, sans doute. Et avec des enfants. Ne daignerait pas me regarder en temps normal. Dommage !

— Très bien, nous y allons tous ensemble.

— Non, non ! Je n'irai pas ! Je ne veux pas !

Jenny se rencognait dans l'angle opposé de la cabine.

— Il le faut, mon petit. Vous n'allez pas tarder à périr asphyxiée si vous restez ici. — Et, de fait, la fumée s'épaississait. — Nous serons en sécurité, dehors, je vous le garantis. — Il tendit les mains et la força à se mettre debout, avec l'aide de Violet. — Quand nous serons dehors, je vous interdis formellement de regarder autour de vous. Contentez-vous de me suivre, en regardant droit devant vous. S'il vous plaît, faites-moi confiance.

Ouvrant la porte avec précaution, il dirigea sa torche dans le tunnel, geste que rendait presque superflu, maintenant, la lueur de l'incendie, quelque part vers l'arrière du train. Aussi loin qu'il pouvait voir, des corps s'allongeaient sur les voies, certains bougeant encore faiblement, d'autres rampant, d'autres enfin, le plus grand nombre, parfaitement immobiles. Il crut apercevoir de petites silhouettes se déplaçant çà et là de l'un à l'autre, mais fut incapable de décider s'il s'agissait d'une illusion due à la lumière tremblotante.

— En route, mesdames ! Souvenez-vous de ce que j'ai dit, regardez droit devant vous. Nous ne devons nous arrêter à aucun prix — rien ni personne, vous m'entendez, ne doit nous arrêter, sous aucun prétexte.

Malgré sa compassion naturelle il savait parfaitement qu'il serait inutile — et fatal pour eux — de tenter de porter secours à quiconque. Les blessés attendraient les équipes de secours.

Il descendit et tendit les bras pour aider la jeune fille qui tremblait de tous ses membres sans pouvoir s'arrêter. Il lui parla doucement, la tançant tendrement, cherchant à détendre un peu ses nerfs noués. Violet lui sourit, elle aussi avait peur, mais elle remettait volontiers sa vie entre les mains de ce petit bonhomme si bon. Ils partirent de l'avant, courbés

76

pour échapper aux volutes de fumée qui occupaient la partie supérieure du tunnel. Henry allait d'abord, puis la jeune fille, le visage appuyé contre son dos, Violet sur leurs talons, les bras passés autour des hanches de Jenny.

Ils allaient en trébuchant, s'efforçant d'ignorer les gémissements, les humbles appels au secours. Henry sentit une main se crisper faiblement sur une jambe de son pantalon mais son pas suivant la décrocha. Il savait qu'il n'était pas question pour lui de s'arrêter, la vie de la jeune fille et de la femme en dépendait. Il reviendrait avec les équipes de secours. Son devoir, pour le moment, était de les en sortir, lui compris, pour donner l'alerte à la station. Il entendit un cri aigu et sentit quelque chose de mou s'agiter sous son pied. Le rayon de sa torche lui révéla un rat qui lui lançait des regards furieux. Il en vit d'autres, tout autour — mais ceux-ci étaient différents des premiers qu'il avait vu, plus petits. Normaux. Hideux — mais normaux. Il lui envoya un coup de pied et l'animal s'enfuit, tandis qu'un autre se précipitait et plantait ses dents dans une jambe de son pantalon.

Fort heureusement, il n'accrocha que le tissu, et Henri put s'en débarrasser en levant la jambe le long du mur. Son pied s'abattit sur le rongeur qui était retombé, et il frémit intérieurement en sentant craquer la petite colonne vertébrale.

Jenny poussa un nouveau hurlement.

— Ça va, ça va, s'empressa-t-il de lui dire. Ce ne sont que des rats ordinaires. Ils sont dangereux mais ce n'est rien de comparable aux gros. Ils ont probablement encore plus peur de nous que nous d'eux.

A travers sa frayeur, Violet sentit l'admiration la gonfler pour le petit bout d'homme. Elle l'avait à peine aperçu, tout à l'heure, dans le métro — bien sûr. C'était le genre de type qui n'attirait pas l'attention, sur lequel on ne se posait jamais de questions. Mais ici, dans cet endroit d'épouvante, comme il se montrait brave ! Il l'arrachait à cette horreur, la sauvait du carnage. Elle et la jeune fille, — bien sûr, et la jeune fille — mais, quel courage !

Quand Henry avait tué le rat, Jenny n'avait pu faire autrement que de regarder autour d'elle. Ce qu'elle vit lui souleva le cœur. Elle s'adossa au mur et vomit, elle aurait voulu se laisser tomber par terre mais la femme l'en empêchait, la soutenant de force. Pourquoi cet homme lui interdisait-il de regagner la cabine où elle serait en sécurité ? Elle essaya d'en reprendre la direction en titubant mais il la retint par le bras.

— Non, par ici, mon petit. Il n'y en a plus pour longtemps.

Ils reprirent leur progression trébuchante et virent des rats qui se repaissaient du corps d'hommes et de femmes — des gens qui étaient partis pour le boulot, prêts à affronter un nouveau lundi semblable aux autres, l'esprit plein de petites peines et de petites joies ordinaires, à mille lieues de penser qu'ils rencontreraient la mort ce jour-là. Ils poursuivirent leur chemin, suffoqués par la fumée, trébuchant à chaque pas, se soutenant les uns les autres, sans jamais s'arrêter jusqu'à ce qu'ils aient fini par laisser le dernier cadavre, le dernier corps mutilé dans leur dos. Tout à coup, Henry s'immobilisa brusquement et les deux femmes se heurtèrent à lui.

— Que se passe-t-il ? demanda anxieusement la plus âgée.

— Là, devant. Il y a quelque chose. J'ai aperçu quelque chose de brillant.

Il suivit le rail argenté du rayon de sa torche jusqu'à quatre formes sombres. Quatre rats gigantesques. Qui les attendaient. Tapis dans l'obscurité, ils les attendaient. Pendant quelques instants, les deux groupes se figèrent dans une contemplation mutuelle et totalement immobile. Puis les humains commencèrent à reculer très lentement. Les rats continuaient de les regarder fixement. Henry entendit une exclamation étouffée dans son dos et la main de Violet reserra son étreinte sur son bras.

— Derrière nous. Il y en a d'autres ! parvint-elle à articuler.

Il fit volte-face et les aperçut. Ils étaient deux. Ils avançaient sur eux d'un pas décidé. Il comprit qu'ils étaient pris au piège. Les quatre autres s'étaient également mis en marche, les muscles du dos tendus, prêts à bondir. « J'aurais peut-être une chance tout seul, pensa-t-il. En sautant par-dessus ceux-là et en courant de toutes mes forces. La jeune fille et la femme n'en seraient pas capables — mais, tout seul, j'aurais peut-être une chance. »

— Dos au mur, mesdames ! — Il les poussa contre le mur, chassant de son esprit les idées de fuite qui l'assaillaient. — Restez bien à l'abri derrière moi et s'ils essayent de me contourner, donnez-leur des coups de pied, de toutes vos forces !

Il retira sa veste et l'enroula autour de son bras, sans cesser de braquer le rayon de sa torche sur les rats qui se rassemblaient devant lui. La jeune fille tourna son visage vers le mur, tandis que la femme commençait à pleurer en appelant ses enfants.

Un rat s'avança, son regard glaçant soutenant celui de Henry.

Il y eut des éclairs lumineux dans le tunnel. Ils entendirent des éclats de voix. Des pas. D'autres lumières. Le tunnel entier s'illumina, tandis que les pas et les voix se rapprochaient.

Les rats et les trois êtres humains regardèrent ensemble dans la direction des bruits et des lumières, sans bouger. Un bruit furtif ramena les regards de Henry sur les rats à temps pour qu'il les vît disparaître à l'autre extrémité du tunnel. Tous, sauf un. Celui qui s'était le plus approché était toujours là à l'examiner froidement. Il ne bougeait pas, ne paraissait pas le moins du monde effrayé. Un froid glacial transperça le petit clerc jusqu'au cœur. La terreur le paralysa. D'un air presque méprisant, le grand rat tourna la tête vers les hommes qui s'approchaient, regarda Henry une dernière fois, puis s'enfuit.

— Par ici, par ici ! lança Henry.

Ils furent bientôt entourés d'uniformes : policiers et employés du métro. Henry les mit au courant et ils ouvrirent des yeux ronds, manifestement incrédules.

— Voyons, monsieur, des rats ne pourraient jamais — n'oseraient jamais — attaquer tout un train de voyageurs ! protesta un brigadier en secouant la tête. Géants ou pas, ils ne pourraient pas entrer dans les voitures. C'est la fumée, les émanations qui vous auront tourné la tête.

Violet Melray bouscula le petit clerc d'avoué pour venir faire face au policier en criant avec colère :

— Vous n'avez qu'à y aller voir, si vous êtes si malin ! — Puis, se tournant vers Henry, elle lui prit la main et se radoucit : — Merci, merci de nous avoir aidées.

Henry rougit et baissa les yeux.

— Ouais, bon, ben très bien, dit le brigadier. Nous continuons, deux hommes vont vous raccompagner jusqu'à la station.

— Pas moi, dit Henry. Je retourne avec vous. Vous allez avoir besoin de toute l'aide que vous pourrez trouver. — Il regarda la femme qui n'avait pas desserré son étreinte. — Au revoir. Nous nous reverrons.

Avant qu'il ait pu retirer sa main de la sienne, elle s'avança et lui déposa un baiser sur la joue.

— Au revoir, chuchota-t-elle.

9

Harris se sentait plein de bonheur en pénétrant dans la salle de classe bruyante. Cette balade lui avait fait le plus grand bien. Penser à le faire plus souvent. Bon air, grands espaces — rien de meilleur.

— Allez, les enfants, fermez ça ! — Il aboyait pour couvrir le tumulte. — Scalley, assis ! Et mouchez-moi ce nez. Thomas, quitte cette fenêtre et va t'asseoir. Maureen, range-moi ce miroir ! Bon. Vous avez tous passé un bon dimanche ? Ça suffit ! Je vais faire l'appel.

Les élèves avaient senti sa bonne humeur et avaient instinctivement compris que le chahut pourrait continuer un tout petit peu plus longtemps que de coutume. Pour une fois.

— Deux absents seulement. Pas mal pour un lundi matin. Oui, Carlos, qu'y a-t-il ? Comment ? Mais vous venez seulement d'entrer en classe ! Bon, vas-y, tu seras incapable de te concentrer sur ton travail, sinon.

Carlos, un maigrichon à la peau brune, le remercia-m'sieu et quitta la pièce, un rictus sur le visage dès qu'il fut dans le dos du professeur.

— Carol, distribue du papier ; Sheila, les crayons. Aujourd'hui, nous allons dessiner des animaux.

— M'sieu, m'sieu ! J' peux dessiner un cochon ?

— Pourquoi un cochon, Morris ?

— J'aurais qu'à copier le gros Toomey, M'sieu !

La victime de cette plaisanterie pivota sur son siège, au milieu des éclats de rire de la classe et insulta son insulteur.

— Viens donc ici, Morris, ordonna Harris d'une voix ferme. — Le gamin grimpa sur l'estrade, devant la classe. — Tu saurais me dessiner un singe ?

— Non, m'sieu.

— Tu n'aurais pourtant qu'à te regarder dans une glace.

Harris savait que toute la classe attendait une réplique cinglante et allait en rire, chaque élève acceptant implicitement d'en être la cible éventuelle une autre fois. Faible, mais correct pour un lundi matin, songea-t-il.

— Parfait, au travail, maintenant. L'animal que vous voudrez, mais attention, je n'en veux aucun qui me ressemble ! Quand vous aurez fini, nous choisirons le meilleur, et j'expliquerai pourquoi c'est le meilleur. N'oubliez pas les ombres et la lumière.

Il se mit à parcourir les rangées de pupitres, donnant des conseils, apportant des réponses, posant quelques questions. Il tomba en arrêt derrière l'épaule d'un gamin du nom de Barney, trop petit pour ses quatorze ans mais fort intelligent. C'était un dessinateur assez doué à qui il restait encore à apprendre les techniques de la peinture. Sa spécialité était le dessin à la plume, qu'il avait appris tout seul en copiant des bandes dessinées.

— Pourquoi donc as-tu choisi de dessiner un rat, Barney ?

— Chais pas, m'sieu, répliqua le gamin, suçant le bout de son porte-plume. J'en ai vu un l'aut' jour, un gros, comme Keogh...

Sa voix s'étrangla au souvenir de son petit camarade de classe. Tous les autres dressèrent l'oreille à l'évocation du petit disparu.

— Où ça ? demanda Harris.

— Près du canal. Tomlins Terrace.

— Tu as vu où il allait ?

— Il a sauté le mur et a fichu le camp dans les broussailles.

— Quelles broussailles ? Il n'y a pas de jardin, là-bas.

— Là où habitait l'éclusier, autrefois. C'est une vrai jungle, maintenant que le canal a été fermé.

Harris se souvenait vaguement de cette maison, assez à l'écart de la rue. Gamin, il avait accoutumé d'y aller regarder les péniches franchir l'écluse. L'éclusier aimait que les gosses le regardent travailler, à condition qu'ils ne se montrent pas insolents et il les encourageait à venir. Curieux qu'il en ait tout oublié. Il s'était rendu plusieurs fois à Tomlins Terrace, récemment, et ne s'était jamais souvenu de la vieille maison. C'était probablement à cause de cette « jungle » qui la masquait désormais.

— Tu as prévenu la police ? demanda-t-il au gamin.

— Bof, non !

Barney retourna à son dessin et ajouta quelques touches au portrait étonnamment ressemblant et méchant de son rat.

« Je l'aurais parié, songea Harris. Les gamins du coin ne se frottent guère aux flics quand ils n'y sont pas contraints. »

C'est alors que Carlos refit irruption dans la classe, en proie à la plus vive agitation.

— M'sieu, m'sieu ! Dans la cour de récré ! Y a une de ces saletés !

Il faisait de grands gestes en direction de la fenêtre, les yeux agrandis par l'excitation.

La classe entière se rua vers les fenêtres comme un seul homme.

— A vos places ! rugit Harris se hâtant lui-même vers une fenêtre.

Il prit une profonde inspiration devant le spectacle qui s'offrait à sa vue.

Il n'y avait pas « une de ces saletés » mais plusieurs. Et, sous ses yeux, de nouveaux arrivants vinrent en grossir le groupe. D'énormes rats noirs.

Les rats. Ils grouillaient dans la cour, fixant les bâtiments. A chaque instant plus nombreux.

— Fermez toutes les fenêtres, ordonna-t-il placidement. Johnson, Barney, Smith, faites le tour des autres classes et dites à tous les professeurs de fermer les fenêtres. Scalley, tu vas aller dans le bureau de monsieur le Directeur et tu lui diras de regarder par la fenêtre. — Le directeur risquait de ne pas prendre d'emblée au sérieux un gamin. On risquait de perdre de précieuses secondes. — Que personne ne quitte la classe. Et pas de bruit. Cutts, c'est toi qui seras responsable.

C'était le plus grand des élèves ; il se leva. Les garçons étaient surexcités, les filles devenaient de plus en plus nerveuses.

Il quitta la salle à la hâte et se précipita vers le bureau du directeur. Alors qu'il parcourait les couloirs, des portes s'ouvrirent et quelques profs étonnés passèrent la tête.

— Qu'est-ce qui se passe ? lui demanda Ainsley, l'un des anciens.

Il le lui dit rapidement et reprit son chemin. Un silence étrange s'était abattu sur l'école tout entière, un silence que le premier hurlement d'une fillette rendue hystérique suffirait à rompre irrémédiablement.

Barney sortit à toute vitesse de l'une des salles de classe.

Harris l'attrapa par le bras.

— Doucement, Barney. Vas-y posément et calmement. N'effraye surtout pas·les filles. Il faut éviter la panique, tu comprends ?

— Bien, m'sieu.

En atteignant le pied de l'escalier qui conduisait à l'étage supérieur et au bureau du directeur, Harris jeta les yeux sur les quelques marches qui, en sens inverse, conduisaient à la porte d'entrée. Celle-ci, bien sûr, était grande ouverte.

Il descendit lentement, la main sur la rampe pour assurer son équilibre. Au bas des marches, il crut entendre un bruit étouffé sur les marches de pierre du perron. Dissimulé derrière l'un des deux battants, il risqua un coup d'œil à l'extérieur, prêt à claquer simultanément les deux battants si besoin était. Sur le perron, il aperçut un tout jeune garçon qui observait les rongeurs rassemblés dans la cour.

« Bon sang, songea Harris horrifié, il a dû passer au beau milieu de ces monstres ! »

Il sortit, enleva rapidement le bambin dans ses bras et se précipita à l'intérieur. Se débarrassant de son fardeau sans cérémonie il se retourna pour fermer la porte. Les rats n'avaient pas bougé. Il ferma les lourds battants, vite mais sans bruit, et tira les verrous puis souffla pour la première fois depuis quelques minutes.

— Y a des bêtes dans la cour, m'sieu, lui annonça le petit homme de sept ans, sans la moindre peur dans ses yeux agrandis. Qu'est-ce que c'est ? Qu'est-ce qui font, m'sieu ?

Ignorant cette question à laquelle il n'aurait trop su quoi répondre, Harris reprit le gamin dans ses bras et remonta en toute hâte les escaliers. Il le déposa sur le palier et lui enjoignit de gagner sa classe au plus vite. Il entendit le murmure des voix des profs qui commençaient à s'assembler dans le couloir. Il gravit quatre à quatre les marches conduisant au bureau du directeur et manqua de heurter ce dernier qui en sortait à l'instant même.

— Veuillez appeler la police, monsieur, pressa Harris. Je crains que nous n'ayons de gros ennuis.

— C'est déjà fait. Avez-vous vu ce qu'il y a dans la cour de récréation ?

— Tels sont bien les ennuis dont je parlais. Ce sont les rats géants, les tueurs.

Ils rentrèrent dans le bureau pour regarder par la fenêtre. Les rats continuaient de s'assembler. Ils pouvaient être deux cents.

— La cour en est noire, dit le jeune professeur qui n'en pouvait croire ses yeux.

— Que cherchent-ils ?

Le directeur se tournait vers Harris comme s'il faisait autorité en ce domaine.

— Les enfants, répliqua Harris.

— La police sera ici avant longtemps, mais qu'est-ce qu'elle va bien pouvoir faire ? Assurons-nous de la fermeture de toutes les portes et fenêtres. Que tous les enfants gagnent l'étage supérieur et s'y barricadent. J'ai du mal à croire que tout cela est réel, mais essayons de ne pas perdre de temps en vaines spéculations.

Le directeur se dirigea rapidement vers la porte.

— Assurez-vous de toutes les ouvertures, monsieur. Je vais organiser le personnel.

Harris emboîta le pas à la raide silhouette du directeur et redescendit l'escalier sur ses talons. Tandis que le vieil homme réclamait le silence et que les conversations s'éteignaient, Harris se fraya un chemin parmi les professeurs rassemblés dans le couloir et alla ouvrir la porte de chaque salle pour vérifier que les fenêtres y étaient fermées.

Dieu merci, les fenêtres du rez-de-chaussée et du premier étage étaient munies de grilles de fer qui les protégeaient contre d'éventuels tirs des champions de football en herbe. Une chance.

Tout paraissait bien fermé. Restait la salle des profs.

En entrant, il vit qu'une des fenêtres était ouverte. Comme elle donnait sur l'étroit passage séparant le bâtiment du mur d'enceinte, elle n'était pas munie de grille et, devant elle, sur le sol, se tenait l'une des hideuses créatures.

Comment avait-elle réussi à grimper le long du mur — c'était une autre histoire. Toujours est-il que le rat était là, comme en mission de reconnaissance, précédent ses congénères. Il jetait des regards de droite et de gauche, reniflant l'air de son museau pointu. Il aperçut Harris et se dressa sur son train de derrière. Ainsi dressé, il mesurait bien une soixantaine de centimètres. Le professeur entra dans la pièce et referma la porte dans son dos. « Il faut que je ferme cette fenêtre », songea-t-il.

Ce rat n'était pas d'humeur à dévisager d'abord sa victime : il bondit de l'avant, droit vers la gorge de Harris. Mais le prof fit preuve de la même rapidité. Il s'empara d'une chaise au moment même où les muscles de l'animal se tendaient pour le saut et la balança devant lui. Elle heurta le corps du rat au milieu de son bond, comme une batte de cricket rencontrant une balle, et l'envoya dinguer de côté dans un grand craquement du bois.

Le rat atterrit sur ses pattes et se lança aussitôt sur Harris qui lui abattit la chaise sur le dos. Il resta étourdi quelques instants, sans être sérieusement blessé. Mais cela accorda au professeur un répit suffisant pour s'emparer du lourd tisonnier qui était posé le long du foyer de la cheminée éteinte. Avec plus de haine que de crainte, il l'abattit férocement sur le crâne mince du rat. Il y eut un choc sourd, écœurant. Il recommença. Et recommença encore. Il tourna ses regards vers la fenêtre, à temps pour s'apercevoir qu'un second venait d'arriver sur le rebord à force de griffes. Sans hésiter, il abattit encore son tisonnier, rejetant le rongeur dans l'étroit passage. Il ferma la fenêtre et s'y appuya, cherchant à reprendre souffle et s'efforçant de calmer le tremblement de ses genoux. La fenêtre était munie de ces vitres où un fin treillis de fil de fer est noyé dans le verre pour éviter qu'il se brise en éclats lors des chocs.

— Ça devrait les retenir, dit-il à haute voix.

Il regagna la porte de la salle des professeurs, prit la clé dans la serrure, sortit et ferma la porte à clé, mais non sans avoir jeté un regard à la créature qui gisait sur le tapis usé jusqu'à la corde.

Son corps mesurait bien une soixantaine de centimètres et la queue vingt-cinq. La fourrure luisante n'était pas véritablement noire. Plutôt un brun très sombre, maculé de taches noires. La tête paraissait relativement plus grosse que celle des rats ordinaires et portait des incisives longues et effilées. Les yeux aux paupières mi-closes avaient la fixité vitreuse de la mort, mais les dents à demi découvertes formaient encore un début de sourire féroce et moqueur. Par-delà la mort, ce corps semblait encore effroyablement dangereux, comme si la maladie dont il était le vecteur pouvait se transmettre par simple contact.

Une fois dans le hall d'entrée, Harris vit que l'on conduisait les enfants vers l'escalier.

— Pas d'ennui, monsieur Harris? Le directeur vint à sa rencontre.

— Non. J'ai tué un de ces monstres.

Il se rendit compte alors qu'il serrait toujours le tisonnier ensanglanté.

— Bravo. Ma foi, tout est hermétiquement fermé, et la police ne saurait tarder, maintenant; j'estime donc que nous n'avons pas trop à nous en faire.

Le directeur se voulait rassurant mais son sourire disparut aussitôt que Harris lui eut demandé:

— Et la cave?

Tous deux se tournèrent vers l'escalier qui y menait puis s'y dirigèrent en courant. Parvenus au sommet des marches, ils s'immobilisèrent et fouillèrent des yeux l'obscurité.

— Je pense qu'il n'y aura pas de problème de ce côté-là, dit le directeur. Le concierge doit probablement être en train de vérifier la chaudière. Il lui faut toujours un certain temps pour la remettre en marche, le lundi matin. Dieu sait si je me suis assez plaint du froid, chaque lundi...

Il s'interrompit, ennuyé de constater que le jeune professeur, sans l'écouter le moins du monde, avait poursuivi sa route.

Harris s'approcha non sans précautions de la porte de la cave, y appuya l'oreille et écouta. Le vieil homme l'ayant rejoint, il lui fit signe d'avoir à se taire, un doigt sur les lèvres.

— Enfin, mon vieux, ne soyez pas ridicule. —

Impatienté, le vieux directeur l'écarta d'une bour-rade et, empoignant le bec de cane, ouvrit violem-ment la porte. — Jenkins, est-ce que...

Sa voix mourut dans sa gorge devant le spectacle qui frappa sa vue.

Noires, fourmillantes, des créatures emplissaient la cave de leur grouillement. D'une petite fenêtre allongée et haut perchée, ouverte au niveau de la cour, un flot ininterrompu de vermine continuait de s'écouler dans la pièce.

Et tout cela se nourrissait de quelque chose, sur le sol. Tout ce que Harris et le directeur furent en mesure d'apercevoir fut un soulier qui émergeait du grouillement de formes noires. Le professeur tira son supérieur en arrière quand il vit plusieurs corps noirs bondir de l'avant. Sa main se referma sur la poignée et il tira la porte de toutes ses forces mais deux rats eurent le temps de se glisser par l'ouverture et un troisième resta coincé entre la porte et le cham-branle. Il lui fallut trois coups de pied pour le rejeter en arrière dans la cave. Il fit volte-face pour aperce-voir les autres qui gravissaient l'escalier sur les talons du directeur. Ce dernier leur jetait des regards effarés.

— Mon Dieu, ils sont énormes ! fut tout ce qu'il parvint à articuler.

— S'ils atteignent les enfants... commença Harris.

— Je vais les arrêter, Harris, je vais les arrêter. Occupez-vous de cette porte. Barricadez-la avec tout ce que vous pourrez trouver, elle est massive mais, on ne sait jamais ! — Le directeur reprenait peu à peu ses esprits. — Dès que ce sera fait, rejoignez-nous là-haut.

— Entendu, mais ne vous faites pas mordre ! cria Harris dans sa direction. Leur morsure est fatale. Empêchez-les de vous approcher.

Il se mit en quête de ce avec quoi il pourrait barricader la porte. Le magasin s'ouvrait à sa gauche. Il y pénétra et inspecta ce qui s'y trouvait. C'était une pièce sans fenêtre et il ne devait donc pas y avoir de danger. Il alluma la lumière. Des pupitres, des chaises, des tableaux noirs. Parfait. Il fit glisser un lourd pupitre jusqu'à la porte de la cave. Il parvint à le mettre debout à grand-peine et constata avec satisfaction qu'il couvrait entièrement la porte. Il l'y appuya du mieux qu'il put et regagna le magasin. Il remarqua un vieux radiateur, appuyé contre un mur et entreprit de le traîner sur le sol, produisant un boucan épouvantable. Il l'appliqua contre le pupitre et revint chercher des chaises.

C'est alors qu'il entendit un hurlement à l'étage supérieur. Il s'empara du tisonnier qu'il avait abandonné et se précipita dans l'escalier.

Le directeur était par terre dans le couloir, aux prises avec les deux horribles rats. Heureusement que la porte du bout du couloir avait été fermée et tous les enfants placés en sécurité à l'étage au-dessus. Le directeur serrait l'un des rats à la gorge, tentant de l'éloigner de son visage, tandis que l'autre lui rongeait un trou dans le flanc.

— A l'aide, je vous en prie ! cria-t-il à Harris d'un air implorant.

Réprimant un haut-le-cœur, sachant déjà le directeur perdu, Harris se précipita de l'avant et abattit un tisonnier sur l'un des deux rats, de toute sa force. L'animal poussa un cri haut perché, un octave environ au-dessus du cri de frayeur d'un enfant et s'arracha au flanc de l'homme qui se débattait. Le dos brisé, il n'en essaya pas moins de se retourner contre Harris. D'un coup de pied, celui-ci lui écrasa la tête. Il ne pouvait frapper le second rat, de peur d'atteindre le directeur ; il jeta donc le tisonnier et tendit les mains. Il saisit l'animal au garrot, prenant bien soin d'éviter les morsures de ses dents aiguës, et tenta de le tirer en arrière. Malheureusement, le directeur était trop effrayé pour relâcher sa propre étreinte sur le rongeur.

— Lâchez-le, lâchez-le donc ! hurla Harris en découvrant qu'il entraînait l'homme avec le rat.

Fou de terreur, le directeur ne l'entendit même

pas. Le professeur appliqua donc le pied contre la poitrine du vieil homme et, d'une poussée, le renvoya sur le sol. L'autre lâcha brusquement prise et Harris bascula lui-même en arrière et s'abattit, tenant toujours le rat. Il se redressa sur un genou et tenta d'écraser le rongeur sur le sol. Il vit le directeur qui s'éloignait en rampant, les yeux rivés au monstre qui se débattait furieusement entre ses mains. Dans le lointain, il entendit les sirènes de la police. Qu'est-ce qu'ils fabriquent, bon sang ! Qu'est-ce que je vais faire de ce truc affreux ?

Il jeta un coup d'œil désespéré autour de soi. La bête échappait peu à peu à sa prise. Il ne pourrait pas la tenir encore très longtemps. Et une seule morsure, même s'il tuait cette foutue saloperie, une seule morsure et il était mort. Il y avait un grand aquarium, dans la salle 3C. C'était la seule solution. Le noyer. Mais les portes étaient toutes fermées, bon sang. Et il ne parviendrait jamais à le retenir d'une seule main. Il hurla :

— Monsieur Norton, la porte de 3C ! Ouvrez-la, vite, je ne vais pas pouvoir tenir très longtemps !

Le directeur agita la tête de droite et de gauche, stupidement, sans quitter le rat des yeux.

— Ouvrez-moi cette putain de porte ! écuma Harris.

Le vieil homme finit par s'arracher à la contemplation du rat pour porter les yeux sur le visage empourpré du professeur. Il hocha lentement du chef et entreprit de se traîner jusqu'à la porte de la salle 3C.

— Plus vite, plus vite ! cria Harris.

Il fallut une éternité pour que le directeur atteigne la porte et lève une main tremblante et ensanglantée vers la poignée. Le sang qui rendait sa main glissante l'empêcha de faire jouer le bec de cane et il lui fallut s'y prendre à deux mains. La porte finit par s'ouvrir.

Harris traîna le rat qu'il tenait appliqué contre le sol, tentant de l'étrangler, mais ses doigts lui faisaient mal et il n'en avait pas la force. Le rat enfonçait ses griffes dans le bois du plancher et il fut contraint de le soulever légèrement ; il lança alors sa petite tête de droite et de gauche, cherchant à planter ses dents dans la chair de l'homme qui le tenait. Mais Harris faisait attention, très très attention. Quand il arriva à la porte, le directeur poussa un faible cri et décocha au rat un coup de pied qui faillit lui faire lâcher prise.

— Tirez-vous de là, bon sang ! — Il parlait bas, les dents serrées. — Foutez le camp !

Un ton plus haut.

Le directeur s'effaça, et Harris put entrer. Il vit le gros aquarium sur le rebord d'une fenêtre. Il s'en approcha. Quand il parvint au niveau du bureau du professeur, il posa le rat dessus, appliquant de toutes ses forces la tête de l'animal contre la surface de bois, sans relâcher son étreinte. Puis il se dirigea vers l'aquarium en poussant devant lui le bureau, avec ses cuisses, les pattes arrière de l'animal lacérant ses vêtements et son corps.

Après un temps qui lui parut infini, le bureau vint buter contre le rebord de la fenêtre. Il grimpa sur la table, poussant devant lui le rat vers l'aquarium.

Avant l'effort final, il s'accorda un instant de repos. Rassemblant toutes ses forces, la sueur dégoulinant de son visage, il se souleva sur les coudes puis plongea le rat dans l'eau.

Ce fut comme si l'aquarium explosait. Il fut couvert d'eau, des poissons jaillirent en tous sens et retombèrent sur le plancher, mais il tint bon, enfonçant le plus possible la tête de l'animal, négligeant la douleur qui labourait ses bras et sa poitrine avec les griffes acérées du rongeur rendu fou. Il craignit un instant qu'il ne restât plus assez d'eau dans le récipient pour noyer le rat, ou encore que les mouvements désordonnés de la créature ne finissent par briser les parois de verre. Mais, peu à peu, le combat se fit moins violent, les soubresauts et les contorsions s'atténuèrent. Pour finir, tout mouvement cessa mais Harris maintint un moment encore sa prise. Il voulait être absolument sûr.

Levant les yeux, il regarda par la fenêtre. Plusieurs voitures de police étaient arrivées et les hommes en uniforme bleu se tenaient près du porche d'entrée, sans trop savoir quoi faire.

Il se décida à lâcher le cadavre et descendit du bureau. Ses vêtements en lambeaux étaient maculés de sang, en particulier sa chemise. Mais il était à peu près certain de n'avoir pas été mordu. Il retourna vers le directeur qui était resté assis près de la porte, la tête dans les mains.

— Tout va bien, monsieur. La police est arrivée. Ils nous en auront vite débarrassés.

Il s'agenouilla près du vieil homme qui tremblait.

— C'était horrible, horrible, articula le directeur en levant la tête. Effrayant. Ces ignobles bêtes m'attendaient. Elles n'ont pas fait mine de s'enfuir. Elles m'attendaient au sommet de l'escalier.

Harris ne sut quoi dire. Comment réconforter quelqu'un dont on sait qu'il sera mort dans les vingt-quatre heures ?

— Montons, monsieur. Nous serons plus en sécurité là-haut.

Il aida le directeur à se mettre debout. Ils enfilèrent le corridor jusqu'à la porte ouvrant sur l'escalier.

Quand Harris voulut l'ouvrir, il s'aperçut qu'elle était fermée à clé.

— Hé ! Ouvrez, bon sang ! Ils ne savent quand même pas se servir d'un bec de cane ! Inutile de fermer à clé !

Il martelait la porte du poing.

Ils entendirent un bruit de pas, puis celui des verrous qu'on tirait.

— Je suis désolé ! Nous n'avons pas compris qu'il restait encore quelqu'un en bas, s'excusa Ainsley, dont la tête chauve apparut dans l'encadrement. Oh, mon Dieu ! Tout va bien ? s'enquit-il anxieusement en apercevant leurs vêtements ensanglantés.

Ils portèrent presque le directeur de l'autre côté de la porte avant de la refermer soigneusement :

— Les gamins ? Tout va bien ? demanda Harris.

— Les filles sont très nerveuses, mais les garçons sont encore pleins de ressources, répondit Ainsley en reprenant son souffle, fatigué par le poids du directeur.

— Ils en auront besoin, marmonna Harris.

Ils emportèrent le directeur blessé dans son bureau et l'installèrent dans son fauteuil.

— Tout ira bien, maintenant, ne vous inquiétez pas pour moi. Retournez auprès des enfants.

Son visage était pâle et Harris se demanda si son imagination lui jouait des tours ou si une nuance jaune avait réellement fait son apparition sur les traits du directeur. Et la peau était-elle réellement plus tendue ou était-ce le raidissement dû à la douleur ?

— M. Ainsley va soigner vos blessures, monsieur, dit-il. Je vais aller voir ce qui se passe.

Il quitta le bureau non sans ressentir une certaine pitié pour cet homme qu'il n'avait jamais aimé mais qu'il avait au moins respecté. Il garderait longtemps l'image de cet homme respectable se traînant sur le sol comme un enfant terrifié.

Il pénétra dans une salle de classe pleine de professeurs et d'enfants et toutes les têtes se tournèrent vers lui. Il remarqua que la porte de communication avec la salle mitoyenne était ouverte et que des visages anxieux s'y encadraient, lui jetant des regards interrogateurs. Il fit signe aux enseignants de se rassembler autour de lui.

— Le directeur a été blessé, leur apprit-il *mezzo voce* pour que les enfants ne puissent l'entendre. Je crois que nous serons en sécurité, ici, mais nous allons prendre la précaution de renforcer les portes en les barricadant, au cas où les rats parviendraient à grimper jusqu'ici. Que toutes les fillettes se réunissent dans un coin, à l'écart des fenêtres. Les plus grands des garçons peuvent nous aider à apporter des pupitres et des chaises devant la porte.

Grimble, un petit homme dont le nez en bec

renforçait encore la ressemblance avec un moineau, joua des coudes pour venir au premier rang.

— Ecoutez, en tant que vice-directeur, je... commença-t-il.

— L'heure n'est pas aux chicaneries et à la voie hiérarchique, mon vieux, lui lança Harris, et plus d'un jeune professeur réprima un sourire.

Grimble était connu pour ses manœuvres et sa mesquinerie. Il se détourna, offusqué.

Harris gagna une fenêtre qu'il ouvrit. Il aperçut un grand nombre de véhicules de police, parmi lesquels un fourgon chargé de chiens. Certains policiers étaient en train d'endosser des vêtements protecteurs. Deux voitures de pompiers tournèrent le coin de la rue, l'appel suraigu de leur sirène ajoutant au tumulte général. Une foule s'était assemblée dans la rue étroite.

Dans la cour, il vit que le nombre des rats avait considérablement diminué. Puis il comprit pourquoi. Ils s'engouffraient à deux ou trois de front dans le soupirail de la chaufferie. D'autres se dirigeait vers l'étroit passage, sur le côté du bâtiment. Il supposa qu'ils visaient la fenêtre de la salle des professeurs.

Il entendit des hurlements dans son dos. Il se retourna pour découvrir que l'une des petites filles faisait une crise de nerfs, entourée de petites camarades et d'une maîtresse qui essayaient de la calmer.

Une voix mécanique, inhumaine, l'interpella par l'intermédiaire d'un porte-voix électrique.

— Ça va là-haut ? Y a-t-il des blessés ?

Harris mit ses mains en porte-voix et répliqua :

— Tout va bien, jusqu'ici. Il y a quand même un blessé !

— Bon. Barricadez-vous bien ; nous ignorons encore ce que les rats vont faire, mais ils risquent de chercher à vous atteindre.

« Tu parles qu'ils vont chercher à nous atteindre, songea Harris. Pourquoi penses-tu qu'ils sont ici ? Pour prendre l'air ? » Il fulminait contre l'officier de police qui s'était détourné pour faire signe aux véhicules de police de dégager la voie pour les voitures de pompiers.

Puis, se tournant de nouveau vers l'école, il brandit son porte-voix :

— Nous allons commencer par leur lâcher les chiens, ça les occupera ; pendant ce temps, nous essaierons de vous atteindre avec les échelles de pompier.

De toute évidence, il savait que la morsure des rats était mortelle.

— Non ! hurla Harris en réponse. On ne pourra jamais faire descendre tous les gosses sur des échelles. Et vos chiens ne tiendront pas cinq minutes devant ces rats.

— Pas de panique, là-haut ! Je répète : pas de panique ! Les experts seront ici d'une minute à l'autre.

Harris poussa un juron étouffé, tandis que la voix continuait :

— Je crois qu'ils apportent des gaz pour résoudre la question. Gardez votre calme ; ils n'en ont plus pour longtemps.

Le professeur poussa un grognement. Combien de temps faudrait-il à ces monstres pour ronger un trou dans une porte ? Ce n'était pas des rats ordinaires, ils étaient intelligents, organisés. Un seul de ces monstres suffirait à semer la panique parmi les gamins. Il se remit à hurler :

— Ecoutez ! Essayez au moins d'inonder les caves avec les lances ! Les lances ! Inonder les étages inférieurs. Ça les effrayera !

Il vit que le policier dont il supposait qu'il était à la tête des opérations se mettait à conférer avec un pompier. Une activité fébrile régna soudain parmi les soldats du feu qui entreprirent de dérouler leurs longues lances à incendie. Pendant ce temps, les chiens ne cessaient d'aboyer, en proie à la plus vive agitation, tirant sur leur laisse, impatients d'en découdre avec les créatures noires. Deux d'entre eux parvinrent à se libérer et bondirent de l'avant. Ils se jetèrent au milieu des rats qui grouillaient encore dans la cour. Le premier, un lourd berger alsacien, saisit un rat à la nuque, l'agita de droite et de gauche, puis le jeta en l'air. Le second, un doberman massif, pénétra dans la masse de corps fourrés de noir, jouant des mâchoires de droite et de gauche.

Mais ils furent vite submergés de rongeurs, entraînés au sol, le pelage maculé de sang. Ils se relevèrent plusieurs fois, mais toujours pour être impitoyablement tirés vers le sol. On lâcha les autres chiens, une dizaine en tout, et ils se précipitèrent dans la mêlée. L'un d'entre eux trébucha même sur le dos des rongeurs et tomba par le soupirail jusque dans la cave.

Harris qui regardait d'en haut frémit à l'idée du sort qui l'y attendait.

Les chiens avaient beau être braves, ils n'étaient pas de taille contre ce grand nombre de rats géants. Bientôt, ceux qui n'étaient pas terrassés se débattaient désespérément pour tenter de revenir jusqu'aux maîtres de chien qui regardaient ce spectacle navrant. L'officier eut le plus grand mal à retenir les hommes eux-mêmes. Il était le seul à connaître le risque que représentait la morsure de cette vermine et n'avait nullement l'intention de laisser ses hommes risquer leur vie, aussi longtemps que la vie même des enfants ne serait pas en danger immédiat.

Tout à coup, les lances entrèrent en action. Elles balayèrent la cour de leur torrent d'eau glacée, ouvrant une coupe claire parmi les rats, les rejetant contre le mur de brique de l'école. Ils s'éparpillèrent dans toutes les directions, se chevauchant et se battant pour s'enfuir plus vite. Le sang des chiens eut tôt fait de disparaître, lavé par l'eau qui se déversait régulièrement.

On dirigea un jet sur le soupirail, précipitant quelques rats à l'intérieur de la chaufferie, mais empêchant ensuite tous ceux qui restaient d'y pénétrer.

97

Les enfants qui s'étaient maintenant rassemblés autour des fenêtres poussaient des hourras à la vue de la panique des rongeurs. Tandis que les rats commençaient à se disperser, beaucoup s'enfuyant en direction du bunker de béton où l'on gardait le charbon, un autre jet fut dirigé contre les fenêtres des salles du rez-de-chaussée. Il y eut un grand fracas de verre qui amena des sourires de délectation sur les lèvres de plus d'un élève.

Harris se détourna de la fenêtre et traversa la pièce, écartant gentiment les enfants qui se trouvaient sur son passage.

— Où est le directeur ? demanda-t-il à Grimble.

— Vous devriez le savoir, c'est vous qui étiez avec lui, non ? fut l'aigre réponse qu'il s'attira.

— Qu'on écarte un peu ces pupitres pour que je puisse passer. Il doit être encore dans son bureau.

On écarta les pupitres tout juste assez pour qu'il puisse se glisser hors de la pièce.

— Je vais aller prendre de leurs nouvelles — Ainsley est avec lui — et j'en profiterai pour faire la tournée des portes du couloir. Remettez la barricade en place quand je serai sorti. Si je reviens très vite et que je cogne à la porte, faites-leur signe de vous passer les échelles. Mais ne rouvrez pas la porte ! J'irai dans le bureau du directeur et c'est de cette fenêtre-là que je m'échapperai.

Il referma la porte dans son dos et entendit le bruit des pupitres que l'on poussait en place. Il remarqua que la porte du bureau du directeur était grande ouverte. Il pressa le pas et poussa un soupir de soulagement en découvrant le vieil Ainsley, toujours occupé à panser les blessures du directeur.

— Il... Il a l'air d'aller mieux, dit Ainsley épongeant le front humide de son supérieur avec un mouchoir trempé dans l'eau.

— Parfait. Je vais aller faire la tournée des portes ; refermez celle-ci une fois que je serai parti. Restez ici et si jamais il se passe quelque chose... — Il fit silence le temps que la signification de ce « quelque chose » pénètre dans l'esprit de Ainsley. — S'il se passe quelque chose, faites signe aux pompiers par la fenêtre. Ils vous enverront une échelle.

Il ne leur suggéra pas de se joindre aux autres, dans les salles de classe — la vue du sang du directeur risquait d'effrayer les plus petits. Jusqu'ici, les gamins s'étaient fort bien comportés, la vue du sang pourrait être la goutte qui fait déborder le vase.

Fermant la porte, il gagna rapidement l'escalier. Entrouvrant la porte, il risqua un coup d'œil. Rien à signaler. Parfait. Il l'ouvrit toute grande et s'engagea dans l'escalier, la refermant derrière lui. L'eau commençait à suinter sous la porte qui fermait l'étage inférieur. Il l'ouvrit avec précaution. Le couloir était vide. Il aperçut le cadavre de l'un des rats qui avaient attaqué le directeur. Il eut un instant l'impression de le voir remuer, mais il comprit qu'il flottait simplement au gré de l'eau montante.

Il pataugea au long du couloir, sans oublier de refermer la porte derrière lui, mais ouvrant au contraire toutes celles des salles de classe pour permettre à l'eau de pénétrer plus facilement. En passant devant la salle des profs il eut l'impression d'y entendre des bruits. Mais la cave constituait son problème le plus urgent. C'est là qu'il avait vu s'engouffrer la plupart des rats. Il lui fallait s'assurer que la porte résistait toujours et — le cas échéant — la renforcer encore avec des meubles. Il reviendrait ensuite s'occuper de la porte de la salle des profs.

Il descendit l'escalier qui menait à la cave, prenant bien soin de ne pas glisser sur l'eau qui y ruisselait. Il pensa que de nouvelles moto-pompes avaient dû arriver sur les lieux et être mises en action dans le but d'inonder complètement les étages inférieurs.

Il parvint en bas de l'escalier et gagna la porte en pataugeant. Derrière on rongeait, on grattait avec frénésie. Il se pencha en avant pour tendre l'oreille par-dessus le bruit de l'eau qui déferlait. Oui, ils étaient bien en train de ronger, de gratter furieusement pour s'ouvrir un chemin à travers la porte. Il écarta un peu le pupitre pour constater l'étendue des dégâts qu'ils avaient déjà causés. Bon Dieu! Des fentes étaient apparues. Il entendait distinctement le bruit de mâchoires rongeant le bois de la porte. Il remit le pupitre en place et pataugea jusqu'au débarras. Là, sur une étagère, il aperçut d'un coup d'œil ce qu'il lui fallait : de lourdes draperies. De vieux rideaux que l'on accrochait dans le hall pour la distribution des prix. Il les tira à lui songeant que, pour la première fois, ils serviraient vraiment à quelque chose. Ils étaient fort lourds, mais un seul suffirait à son propos.

Il le posa sur un banc, pour éviter qu'il ne se mouille et ne devienne d'autant plus lourd. Il se dirigea ensuite vers une pile de vieux tableaux noirs, d'un modèle ancien — de ceux qu'il fallait utiliser sur un chevalet — et en prit deux. Il les déposa le long du mur, à l'extérieur du débarras. Puis il dégagea une nouvelle fois la porte de la chaufferie en écartant le radiateur et le pupitre.

Il aperçut des renflements dans le bois, là où les rats avaient pratiquement terminé de ronger une ouverture. Mon Dieu! Quelle force dans ces mâchoires! Il retourna à toute vitesse chercher le rideau dans le débarras. Quand il revint, le bois commençait à se fendre.

Il se sentit gagner par la panique et entreprit de bourrer le tissu dans la fente qui s'ouvrait sous la porte puis de le replier en autant de couches qu'il serait possible. S'emparant ensuite des tableaux noirs, il les appliqua contre la porte, au-dessus du rideau. Puis il remit le pupitre en place et le radiateur. Il paracheva son œuvre avec des chaises, des boîtes, tout ce qu'il jugea bon à renforcer encore sa barricade.

Enfin satisfait, il s'appuya contre le mur pour reprendre haleine. Il lui sembla entendre des cris aigus, derrière la porte, mais pensa que son esprit lui jouait peut-être des tours.

L'eau lui arrivait au genou. Il pataugea jusqu'à

l'escalier et commença à grimper. Comme il arrivait sur la dernière marche, il entendit un craquement dans la direction de la salle des professeurs. Il vit une tête noire et pointue émerger de la porte, occupée encore à ronger le bois autour d'elle pour agrandir l'ouverture. Il resta un moment paralysé. Il n'y aurait donc pas de fin ? Il jeta des coups d'œil désespérés de droite et de gauche et aperçut le lourd tisonnier qui lui avait déjà servi, abandonné contre un mur, presque caché par l'eau qui montait. Il bondit de l'avant, glissa et s'étala de tout son long. Un coup d'œil dans son dos lui apprit que le rat avait réussi à passer les épaules par le trou. Il se jeta de l'avant, à quatre pattes, s'empara du tisonnier et se remit debout, utilisant le mur comme point d'appui.

Comme s'il avait compris ses intentions, le rat redoubla d'efforts pour se dégager. Son corps était presque entièrement dégagé, maintenant, et seuls ses flancs rebondis l'empêchaient encore de passer.

Harris se précipita, non sans prendre garde — cette fois — de ne pas tomber. Sans une seconde d'hésitation, il abattit de toutes ses forces le tisonnier sur le crâne étroit. Raté ! C'était incroyable mais le rat avait tourné à temps la tête sur le côté et l'arme n'avait frappé que le bois de la porte. Le rat découvrit les dents et les fit claquer dans la direction du professeur, les yeux pleins de haine. Mais aussi teintés de crainte. Harris le remarqua non sans en éprouver une certaine satisfaction. « C'en est donc fait de ton impassibilité, hein ? Tu as peur ! De moi ! » Il poussa un cri de fureur et son arme vola de nouveau. Le crâne s'ouvrit, laissant échapper le cerveau. Le corps entier se raidit puis retomba mollement.

Harris eut une nausée. Dans le fait de tuer — même de tels monstres — il n'y avait pas de plaisir. Il battit en retraite, sachant que le corps qui bloquait pour l'instant la sortie d'autres rats ne ferait pas long feu. S'il n'était pas poussé de force à travers le trou, il serait dévoré.

Comme il reculait, il vit que le corps était déjà agité de soubresauts indiquant qu'on l'attaquait par-derrière. Soudain, la moitié antérieure du cadavre tomba du trou. « C'est tout ce qu'il aura fallu, songea Harris. Moins d'une demi-minute pour dévorer tout son arrière-train. » Une nouvelle forme noire fit son apparition. Harris tourna les talons et prit la fuite, projetant son tisonnier en direction du rat, qu'il manqua.

Le rat sortit et un autre le remplaça aussitôt à l'ouverture, tandis qu'il se jetait à la poursuite du professeur qui battait en retraite.

Au bas de l'escalier, la porte s'ouvrit lentement à cause du poids de l'eau qui commençait à la bloquer. Harris eut tout juste le temps de passer. Comme il venait de s'y glisser et de la refermer, il entendit le bruit mat du corps du rat qui s'était lancé de l'autre côté. Des bruits de griffes suivirent aussitôt. Dans l'escalier, il n'y avait rien qu'il pût appuyer contre la porte pour la renforcer. Il se précipita jusqu'en haut des marches, ouvrant et refermant derrière lui la porte qui en gardait le sommet. Il se jeta dans le bureau du directeur, causant une grande frayeur au vieil Ainsley. Le directeur lui-même restait apparemment prostré.

Harris courut à la fenêtre et se pencha au dehors. Des échelles étaient déjà appliquées contre les fenêtres des classes mitoyennes et des pompiers s'apprêtaient à les gravir.

— Par ici ! cria-t-il. Amenez-en une par ici, et une lance !

L'un des pompiers le regarda.

— Les lances sont toutes en batterie en bas ! lança-t-il. — Puis il ajouta : — Ne vous en faites pas, nous viendrons bientôt vous chercher. Dès que les gosses seront en sécurité.

— Il nous faut une lance ici au plus vite ! répliqua Harris qui hurlait d'impatience. Il faut empêcher ces saletés de monter l'escalier !

Sans discuter, les pompiers entreprirent de redescendre.

— Ne nous énervons pas, monsieur Harris. — La tête de Grimble avait fait son apparition à une fenêtre voisine. — Sachons garder notre calme et...

— Merde !

La tête de Grimble disparut comme par enchantement. Harris sourit. Au moins cette journée n'aurait-elle pas été sans apporter quelques satisfactions compensatoires. Il vit les pompiers engagés dans une conversation avec leurs supérieurs, montrant du doigt sa fenêtre. Après un hochement de tête, ils se précipitèrent en direction de deux autres, occupés à manœuvrer une lance. Le long jet d'eau qui en sortait mourut, et la lance fut transportée au bas de l'échelle. Le premier pompier commença de gravir l'échelle, la lance enroulée autour de l'épaule, tandis que ses camarades déroulaient le tuyau à mesure.

Harris remarqua qu'une camionnette blanche aux armes de *Dératiz* était arrivée sur les lieux. Des hommes en combinaison blanche étaient occupés à en décharger de longs cylindres d'argent. Les gaz, pensa-t-il. La rue entière était maintenant bloquée par les véhicules de police et de pompiers et les ambulances. Un cordon de policiers retenait la foule aux deux extrémités de la rue. Il y distingua le visage anxieux de certains parents d'élèves, des femmes en pleurs suppliant les agents de les laisser passer.

Alors que le pompier atteignait le sommet de l'échelle, le véhicule qui la portait pivota, et elle vint se placer devant la fenêtre où se tenait Harris.

— Parfait, dit-il en aidant l'homme à pénétrer dans la pièce.

— Montrez-moi le chemin, dit le pompier, ignorant délibérément Ainsley et le directeur.

— Par ici. Suivez-moi, dit Harris tout en s'efforçant de faire entrer la plus grande longueur possible de tuyau par la fenêtre.

Il remarqua que d'autres hommes en uniforme étaient en train de gravir les échelles.

Tous deux transportèrent la lance dans le couloir.

— Attendez ! dit le professeur en s'immobilisant devant la porte. Il faut faire attention.

En jetant un coup d'œil par la minuscule raie entre le chambranle et la porte imperceptiblement entrouverte, il se demanda si un jour viendrait où il oserait de nouveau ouvrir une porte toute grande sans arrière-pensée. Persuadé qu'il n'y avait pas de danger, il ouvrit la porte. Ils descendirent quelques marches et regardèrent la porte du bas de l'escalier. En entendant le bruit de griffes et de mâchoires qui en provenait, le pompier regarda Harris.

— Mince alors ! C'est eux qui font ce raffut ?

— Oui, répondit Harris. C'est eux. Ils sont en train de s'ouvrir un passage. Et ils n'en ont pas pour longtemps : ils ont des dents comme des scies électriques.

— L'eau a l'air de remplir le rez-de-chaussée, commenta le pompier en retirant son casque pour se gratter le tête.

Harris hocha du chef. Il y avait bien une dizaine de centimètres d'eau au pied de l'escalier.

— La cave doit être complètement inondée, maintenant. Jusqu'aux fenêtres, en tout cas. Et les lances empêcheront les rats d'en sortir.

Ils entendirent des pas dans leur dos. Trois policiers, dont un gradé et deux pompiers, descendaient les marches pour les rejoindre.

Harris leur fit signe de rester où ils étaient.

— Les rats sont en train de percer la porte. Qu'un homme reste à la fenêtre, un autre à la porte du bureau et un autre en haut de l'escalier : nous pourrons ainsi transmettre le signal pour la mise en eau de la lance.

— Le hic c'est qu'on ne pourra l'utiliser qu'à demi-puissance à cause des coudes, dit le pompier qui se tenait à ses côtés. Si l'on mettait toute la gomme, la force de l'eau redresserait le tuyau.

— On peut toujours remplacer le plus possible les coudes par des arrondis, dit le brigadier, joignant le geste à la parole.

Ils s'affairèrent tous jusqu'à ce que le tuyau suivît les différents tournants par des boucles aussi ouvertes que possible.

Le brigadier enjoignit à l'un des pompiers d'aller se placer devant la fenêtre, ses deux hommes occupant des positions stratégiques le long du trajet du tuyau. L'autre pompier aida son compagnon à maintenir fermement le tuyau pour que la pression ne le rejette pas d'un mur à l'autre.

— Nous sommes parés. Qu'elles sortent, ces saletés, commenta le brigadier.

Ils attendirent en silence, observant les petites fissures qui s'élargissaient au bas de la porte.

— Prêts, là-haut ? demanda le premier pompier. C't' incroyab'... du bois massif.

— Ouais, sans compter que c'est la seconde fois c' matin, commenta le brigadier.

— Comment ça, la seconde fois ? demanda Harris.

— Ils ont attaqué tout un métro, en pleine heure de pointe. On n'en sait pas beaucoup plus pour le moment mais paraît que c'était un massacre. Moi-même j'y croyais pas jusqu'à ce que j'aie vu ceux-ci.

— Quoi, tout un train ? Ils ont attaqué tout un métro plein de voyageurs ? — Harris dévisageait le policier. — C'est pas vrai ?

— Oh, que si, répliqua le brigadier. Comme je vous disais, on ne sait pas encore tout. Il y a peut-être eu des exagérations. Mais je dois dire qu'on a été appelés, hier soir, à Shadwell Station. Trois morts. On a trouvé ce qui restait du chef de gare — pas grand-chose — dans un placard à balais. Ils avaient rongé la porte. On avait des consignes de discrétion, ch' crois qu'ils voulaient pas que ça se sache pour le moment, mais avec ce qui se passe aujourd'hui, ch' crois bien que c'est râpé : on n'étouffe pas des affaires pareilles !

Ils entendirent le bruit du bois qui se fend, et un trou s'ouvrit dans la surface de la porte.

— Paré ! hurla le pompier.

— Paré, paré, paré ! firent l'un après l'autre les hommes comme un écho.

Un rat se tortillait dans le trou.

Le tuyau se raidit sous la pression de l'eau, et le pompier dirigea aussitôt le jet sur la créature qui s'agitait. Il frappa la porte avec une fraction de seconde de retard. Le rat avait réussi à se libérer juste à temps, son arrière-train seul fut rejeté de côté par le puissant jet liquide. Le pompier visa bas, rejetant l'animal contre le mur.

— La porte. Ne vous occupez que de la porte. N'en laissez plus passer aucun, hurla Harris, mais il était déjà trop tard.

A la vitesse de l'éclair, un autre rat s'était précipité par le trou. Le pompier dirigea de nouveau son jet contre le trou, qu'il agrandit d'ailleurs en envoyant des éclats de bois voler de l'autre côté de la porte. Les deux rats qui avaient pu passer se dirigèrent vers l'escalier, mi-nageant, mi-trottant.

— Je m'en charge, rugit le brigadier, arrachant une hachette à la ceinture d'un des pompiers.

Il se dirigea à la rencontre des rats en prenant bien soin de ne pas couper la trajectoire de la lance. Pour lui accorder un peu plus de temps, le pompier s'arrangea pour modifier une fraction de seconde la trajectoire de sa lance, rejetant les deux créatures contre le mur du fond.

Le policier sauta les deux dernières marches et atterrit dans une gerbe d'éclaboussures, la hachette brandie au-dessus de la tête. Il glissa mais, dans ce mouvement même, parvint à porter un coup à l'un des deux rats, lui entaillant profondément le dos. Une nouvelle fois retentit le cri semblable à celui d'un enfant du monstre blessé. Sans chercher à parachever la destruction du premier, le policier se tourna vers le second mais ne parvint qu'à lui assener un coup du plat de son arme, qui l'envoya en arrière.

L'animal se tordit et bondit vers les jambes du brigadier. Celui-ci poussa un hurlement quand les dents acérées s'enfoncèrent dans son genou. Il tenta de frapper le tenace animal sur le côté, pour éviter d'entailler sa propre jambe avec l'arme ensanglantée. Désespérant de lui faire lâcher prise, il posa un genou en terre, tira le rat par la queue pour l'allonger contre le sol et, d'un coup de hache, le coupa presque en deux.

Le rat blessé essayait, pendant ce temps, de gagner l'escalier mais Harris descendit à sa rencontre et l'envoya voler d'un coup de pied alors qu'il atteignait la première marche. Le policier lui trancha la tête d'un coup. Puis il se débarrassa du second rat dont les mâchoires étaient restées fermées autour de son genou. Il grimpa l'escalier en boitillant et en poussant des jurons sonores.

Le pompier qui avait été posté à la fenêtre les rejoignit en courant :

— On vient de décharger les bouteilles de gaz dans la cour. Ils vont le pomper par les fenêtres. Ils disent que ce n'est pas dangereux pour les humains, à condition de ne pas en respirer trop, tout de même, et que c'est mortel pour ces saloperies. Couvrez-vous le visage avec un mouchoir humide pour ne pas suffoquer.

— Dites-leur de déverser du gaz par la fenêtre qui ouvre sur le côté du bâtiment. C'est celle de la salle des professeurs ; ils pourraient essayer de s'échapper par là ! hurla Harris pour couvrir le bruit de chute d'eau de la lance d'incendie.

— Vu !

Le pompier repartit au pas de course.

— Vous pensez que vous pouvez arriver à les contenir ? demanda Harris à l'homme qui maniait la lance.

— Pas de problème. Même si la porte finit par éclater sous la pression de la flotte, je peux les empêcher d'atteindre l'escalier jusqu'à ce que les gaz agissent.

Harris aida le brigadier blessé au genou à gagner l'étage supérieur. Tout en boitant, le policier dit :

— On m'a dit que ces morsures pouvaient être dangereuses. Est-ce que le gosse qui en est mort la semaine dernière ne venait pas de cette école ?

— C'est vrai, oui. Il s'appelait Keogh.

— C'est bien ça. Il a dû être salement mordu, non ?

— Je ne sais pas, mentit Harris.

Il le conduisit dans le bureau du directeur et l'assit sur une chaise à haut dossier.

— Mon Dieu ! Vous avez été blessé, vous aussi ? demanda Ainsley tout en allant chercher la boîte à pharmacie.

— Rien qu'une morsure. Pas grand-chose. Ça m'élance juste un peu, lui répondit le policier.

Harris poursuivit son chemin jusqu'à la porte de la classe à laquelle il frappa.

— Tout va bien, annonça-t-il, laissez-moi entrer.

Il entendit le bruit des meubles qu'on tirait, et la porte s'ouvrit devant lui. La pièce était maintenant entièrement remplie de professeurs, d'élèves, de pompiers et de policiers.

Il leva la main pour que les enfants fassent silence.

— Tout va bien, maintenant. Les escaliers sont bloqués par une lance à incendie et l'on est en train de pomper du gaz — inoffensif pour nous — dans les salles de l'étage inférieur. Nous devrions pouvoir partir très bientôt.

— Merci mille fois de nous faire connaître votre point de vue, répondit Grimble d'une voix fielleuse. Vous êtes bon. Je pense que M. le commissaire, ici présent, sera en mesure de prendre les choses en main. Avec votre permission, bien sûr.

« Voilà un rat que les gaz ne détruiront malheureusement pas », songea Harris.

Les rats furent lentement exterminés dans l'école. Ceux qui n'avaient pas été noyés dans la cave furent atteints par le gaz. Ceux du rez-de-chaussée s'agitèrent en tous sens, nageant dans l'eau qui montait, cherchant frénétiquement un moyen d'échapper. Ils escaladèrent les radiateurs, rongèrent les portes pour pénétrer dans les salles de classe, cherchèrent alors à s'en échapper par les fenêtres mais pour trouver leur retraite coupée par les grillages dont elles étaient munies. Ils sautèrent sur les pupitres, les placards, tout ce qui pouvait leur permettre d'éviter la noyade. C'est alors que les gaz commencèrent à s'infiltrer et, l'un après l'autre, au milieu de convulsions violentes, dressés d'abord sur leurs pattes de derrière, ils finirent par tomber, certains dans l'eau, d'autres à la surface même de ce qu'ils avaient pris pour planche de salut.

Nombreux furent ceux qui s'efforcèrent de passer par le trou de la porte, au fond du couloir, mais toujours le puissant jet d'eau les rejetait en arrière. Leur panique finit par les rendre fous. Ils commencèrent de se battre les uns avec les autres, à chaque fois qu'une collision se produisait ou que deux rats cherchaient à s'assurer la possession d'un même lieu relativement sûr. Sans raison apparente, un groupe de rats attaquait soudain un rat isolé et le tuait d'autant plus facilement que la victime n'offrait aucune résistance. Cela fait, le groupe se retournait contre l'un de ses membres et ainsi de suite. Le nombre de rats vivants ne cessait de diminuer ainsi.

Pour finir, il n'y eut plus de survivant.

10

POUR les Londoniens, la journée devint vite « le lundi noir ». Les nouvelles se succédèrent toute la journée à intervalles réguliers. Des nouvelles horribles : carnage, mutilation, mort. La tragédie du métro fut, par l'ampleur, la première catastrophe. Celle de l'école fut loin d'être la seconde. Les morts survinrent souvent dans des conditions bizarres : celle de l'homme qui, voulant sortir sa voiture, trouva son box grouillant de vermine ; celle du bébé abandonné au soleil dans son berceau et souriant aux créatures noires qui n'allaient pas tarder à le dévorer ; celle du prêtre faisant ses dévotions du matin dans son église déserte ; celle des deux électriciens occupés à refaire l'installation électrique d'une maison ancienne ; celle de la retraitée ouvrant sa porte pour prendre ses bouteilles de lait ; celle aussi de l'éboueur retirant le couvercle d'une poubelle pour la trouver pleine de rats.

Il y eut aussi quelques miraculés, des gens, surtout des enfants, qui se retrouvèrent entourés d'une foule de rats et s'en tirèrent indemnes, sans qu'on puisse nullement expliquer le phénomène. Pourquoi les rongeurs les avaient-ils épargnés ? Quelques autres ne durent leur salut qu'à la rapidité de leurs réflexes, telle cette ménagère qui, trouvant sa maison envahie, sauta par la fenêtre et s'en tira avec quelques contusions. Ou encore ce livreur qui repoussa les rats à coups de bouteilles de lait.

A Stepney, le quartier où la plupart des attaques avaient eu lieu, les gens vivaient dans la terreur. Et aussi dans la colère. Ils faisaient porter la responsabilité de la situation aux autorités locales qui n'avaient jamais veillé à ce que les règles les plus élémentaires de l'hygiène soient respectées dans le quartier. Depuis la fin de la guerre, des maisons bombardées n'avaient jamais été déblayées ; des bâtiments vétustes et insalubres, promis à la démolition depuis des années étaient toujours debout — parfois habités. Les ordures ménagères, les déchets des marchés en plein air, n'étaient jamais enlevés dans les meilleurs délais. Tout cela constituait de véritables nids pour la vermine, des couveuses pour rats. Les autorités locales s'en prirent au gouvernement, laissant entendre que l'enquête entreprise par le ministère de la Santé publique n'avait pas été assez approfondie ; que les crédits alloués à la destruction du fléau avaient été notoirement insuffisants, que le projet avait vite été remisé sans que l'on se fût assuré d'avoir réellement détruit les rongeurs en profondeur. Le gouvernement ordonna une enquête publique qui conclut sans aucune ambiguïté à la responsabilité pleine et entière du sous-secrétaire d'Etat Foskins.

Il accepta les conclusions de l'enquête et offrit sa démission comme on l'attendait de lui. La compagnie *Dératiz* ne fut pas épargnée non plus par cette vague de critiques. Elle fut accusée de négligence et reçut un blâme public du gouvernement, bien qu'elle plaîdât l'innocence, s'étant trouvée confrontée à une espèce nouvelle aux réactions inconnues et imprévisibles. Elle demanda à ce qu'on lui accorde une deuxième chance de régler le problème, pour s'entendre répondre que la totalité des compagnies spécialisées dans ce genre de destruction seraient invitées à coopérer étroitement sous les ordres du gouvernement pour faire face à la situation.

Le problème se politisa rapidement. Les travaillistes proclamèrent que les conservateurs (qui se trouvaient alors au pouvoir) n'avaient jamais réellement pris garde aux conditions de vie de la classe ouvrière et avaient négligé la réhabilitation des quartiers déshérités, laissant les rebuts et la crasse s'accumuler dans les rues et refusant de mettre en œuvre les projets (élaborés par les travaillistes lorsqu'ils étaient au pouvoir, bien sûr) de création et de refonte d'un nouveau système d'égouts pour faire face aux besoins sans cesse croissants de Londres dans ce domaine. Les conservateurs répliquèrent que les conditions de vie des classes laborieuses ne s'étaient pas détériorées du jour au lendemain lorsqu'ils avaient accédé au pouvoir mais avaient largement commencé de se dégrader sous le gouvernement travailliste qui avait précédé le leur. Et d'avancer des statistiques, des chiffres prouvant que, non seulement l'East End, mais encore tous les quartiers défavorisés de la capitale, faisaient l'objet de toute la sollicitude du gouvernement traduite en d'innombrables projets d'aménagement, de construction et de réhabilitation. La guerre avait été déclarée à la pollution. Ah mais !

On ferma provisoirement tout le réseau est du métro, pour procéder à la dératisation complète de tous les tunnels et installations. De toute manière, la plupart des gens évitaient désormais le métro, à l'est comme à l'ouest et les heures de pointe devinrent plus chaotiques encore qu'elles ne l'avaient jamais été. Les dockers se mirent en grève, refusant de travailler en des lieux où il semblait bien que la menace fût la plus forte. Les éboueurs refusèrent de risquer leur vie en enlevant les ordures ménagères qui risquaient d'abriter des rongeurs. Il fallut faire appel à la troupe, car ce n'était vraiment pas le moment de laisser les ordures s'accumuler ! Quant aux égoutiers, ces braves employés municipaux quittèrent tout naturellement le travail et rien ne put — on le comprend — les persuader de le reprendre.

Quand le public commença à savoir que la morsure des rats était mortelle, les choses empirèrent encore.

Les habitants des quartiers est de Londres exigèrent leur évacuation immédiate. Le gouvernement multiplia les messages leur demandant de conserver leur calme — il avait la situation bien en main, toutes les mesures appropriées avaient été prises. Les parents refusèrent d'envoyer leurs enfants à l'école. Souvenir de la dernière guerre, l'évacuation des enfants revint à l'ordre du jour et les bambins se retrouvèrent aux quatre coins du pays. Les caves, les jardins, les greniers, les poubelles débordaient de mort-au-rat et de poisons divers. Beaucoup de rats ordinaires, de souris, mais aussi de chats, de chiens et d'oiseaux périrent. On se méfiait des restaurants. La plupart des bouchers décidèrent de fermer provisoirement boutique, la pensée de toute cette viande crue qui les entourait devenant soudain par trop inconfortable. Tous les travaux à caractère souterrain furent refusés. De même que tous ceux qui s'effectuaient la nuit.

Les attaques ne s'en poursuivirent pas moins et les gens continuaient de mourir, dévorés ou contaminés.

Alors que les diverses compagnies de dératisation étaient censées travailler la main dans la main, elles essayèrent toutes de trouver la solution pour ridiculiser leurs rivales. Les poisons se révélèrent fort peu efficaces puisqu'il était avéré que les rats géants se nourrissaient surtout de chair humaine et animale. On essaya le fluoroacétate de sodium et le fluoroacétamide, sans plus de succès que les poisons normaux : phosphate de zinc et arsenic.

Comme leur utilisation lors de l'attaque de l'école avait tendu à le prouver, les gaz étaient beaucoup plus efficaces.

Mais il fallait surprendre les rats dans un espace confiné. On en pompa dans les égouts et dans les caves des immeubles anciens mais lorsque des équipes vêtues de combinaisons protectrices spéciales descendirent se rendre compte des résultats elles découvrirent de nombreux cadavres de rats ordinaires mais un très petit nombre de rats géants.

Harris regardait fixement par la fenêtre de son appartement quand le téléphone sonna. La sonnerie l'arracha à la contemplation du petit square privé qui s'étendait sous les fenêtres des constructions uniformes dont l'ancienne splendeur *Regency* commençait de se détériorer vaguement. Il attendait d'être affecté dans une école restée ouverte, maintenant que St-Michael et toutes celles du secteur avaient été fermées jusqu'à nouvel ordre. La vue du paisible petit jardin lui apportait toujours une certaine détente, dont il avait particulièrement besoin en l'occurrence, après les événements auxquels il avait participé.

Il alla décrocher.

— Allô, monsieur Harris ? Ici Foskins.

Passé le moment de surprise initial, Harris articula :

— Bonjour. Que puis-je...

— Nous nous demandions si vous n'accepteriez pas de nous donner un petit coup de main, mon vieux ?

— Mais... bien sûr, je...

— Il s'agit seulement de quelques questions que l'équipe aurait à vous poser. Pas grand-chose, il ne devrait pas y en avoir pour longtemps. Il se trouve que vous êtes l'une des très rares personnes qui soient entrées en contact avec ces rats tueurs et aient survécu. Si vous pouviez passer, disons : cet après-midi ?...

— Entendu. Mais je vous croyais...

— Démissionnaire ? En surface, mon vieux, en surface. Sacrifié à l'opinion publique. Mais je crains bien que le ministre ne puisse se passer de moi, particulièrement en ce moment. Il ne faut pas croire tout ce qu'on lit dans les journaux. Bon, voici l'adresse à laquelle je désire que vous vous rendiez...

Foskins l'accueillit en personne quand il arriva à

l'adresse qu'il lui avait indiquée. Il s'agissait de la mairie de Poplar, un quartier général assez logiquement situé, vu le principal théâtre des opérations. Foskins le conduisit jusqu'à une vaste salle de réunion aux murs couverts de cartes très agrandies de la zone infestée, de diagrammes du métro et du réseau d'égouts, de photos des rats eux-mêmes, entiers ou disséqués ; il y avait même des photos de leurs excréments.

La pièce était aussi animée qu'une ruche mais Foskins le guida jusqu'à une table autour de laquelle un groupe d'hommes était rassemblé pour une discussion calme et apparemment dépourvue de passion.

— Messieurs je vous présente M. Harris, le professeur dont je vous ai parlé, annonça Foskins. Voici notre équipe d'experts. Des chercheurs appartenant aux principales compagnies spécialisées, des biologistes, des hygiénistes de nos propres services, et même deux spécialistes de la guerre chimique !

Harris hocha brièvement du chef en manière de salut.

— Permettez-moi de vous mettre au courant des derniers développements, en suite de quoi nous vous poserons quelques questions, dit Foskins. Nous nous sommes livrés à un examen approfondi de ces monstres et nous ne leur avons rien trouvé de particulièrement anormal, si ce n'est leur taille, bien sûr, et celle, relativement importante, de leur cerveau. Leurs dents sont plus longues, mais seulement à proportion de leur corps. Leurs oreilles, qui frappent, à première vue, par leur longueur, parce qu'elles sont dépourvues de poils sont, en fait, elles aussi, parfaitement proportionnées à leur corps. C'est que le rat noir a normalement les oreilles plus allongées que le rat brun. Ce qui nous amène à un point digne d'intérêt. — Il se tut, le temps de faire signe à Harris de prendre un siège. — Le rat brun semble avoir disparu de Londres. Incapable de grimper aussi bien que le noir, il avait moins de chances de survivre. Le rat noir sait grimper le long de murs et sauter sur des toits, tandis que le brun a eu de plus en plus de mal à accéder aux sources de nourriture. La bataille pour la domination de Londres aura duré des années et, pour finir, le rat noir semble en être sorti totalement vainqueur. Nous n'avons pas trouvé trace d'un seul rat brun, ni même d'excréments de rat brun — lesquels sont très différents et facilement reconnaissables.

— Il est donc naturel de supposer que l'apparition des rats noirs géants a emporté la décision, intervint l'un des membres du groupe.

— Un peu comme si un petit pays se procurait soudain la bombe H, commenta Foskins. Quoi qu'il en soit, il semble donc qu'ils ont complètement vaincu le rat brun. L'un des plus jeunes membres de l'équipe, — il regardait celui qui venait de prendre la parole, — a donc suggéré de ré-infester Londres d'une multitude de rats bruns, leur donnant l'avantage du nombre, pour qu'ils combattent victorieusement le rat noir. Inutile de dire que nous n'avons nullement l'intention de transformer l'East End en champ clos pour l'affrontement des rongeurs. Les conséquences d'une telle proposition auraient risqué d'être désastreuses.

Le jeune chercheur vira au pourpre et s'absorba dans la contemplation de ses ongles.

— Voici donc notre ennemi, poursuivit Foskins en brandissant une photo très agrandie d'un rat — mort. *Rattus rattus*, le rat noir, ou rat des navires. Dans certains pays tropicaux, il existe des représentants de l'espèce dont la taille peut atteindre de telles proportions. Nous pensions donc qu'un — ou plusieurs — spécimens ont été introduits dans notre pays et mis en mesure de s'accoupler avec des congénères d'ici. Il faut croire que cela aura été fait en secret. Aucun zoo n'a pu nous fournir le moindre renseignement sur un programme de ce genre et l'illégalité même d'une telle entreprise nous convainc que personne ne viendra s'en accuser volontairement.

116

— Ce que nous attendons de vous, monsieur, reprit un membre du groupe, c'est le maximum de renseignements. Tout et rien. La moindre parcelle d'information susceptible de nous en apprendre plus sur ces créatures. C'est que nous n'avons pas encore été en mesure d'en capturer un seul vivant et vous êtes la seule personne qui soit entrée plusieurs fois en contact avec les rats sans en mourir. Nous ignorons tout de leur comportement, l'endroit où ils se réfugient après une attaque, les raisons pour lesquelles il se trouve que, parfois, ils n'attaquent pas, la cause même de leur appétit de chair humaine. Le plus petit détail que vous risquez d'avoir observé pourrait se révéler de la plus grande importance pour nous.

Harris leur parla donc de ses rencontres avec les rats ; de Keogh qui fut l'une de leurs premières victimes, de la façon dont ils l'avaient poursuivi le long du canal, grimpant sur un mur de deux mètres avant de le laisser s'échapper ; de son aventure avec Ferris, le petit employé de *Dératiz*, comment ils avaient aperçu les rongeurs nageant en formation, comment l'un d'entre eux s'était arrêté sur la berge opposée pour le scruter avant de disparaître dans un trou.

— L'avez-vous effrayé ? Est-ce pour cela qu'il s'est enfui ? lui demanda-t-on.

— Non. Non. Ce ne fut pas la peur. Il a levé la tête comme s'il avait entendu quelque chose, presque comme si on l'avait appelé. Mais je n'ai rien entendu.

L'un des chercheurs prit la parole :

— Il n'y a rien là de surprenant : comme beaucoup de mammifères — et d'autres espèces animales — ils sont dotés d'une ouïe très fine. Les rats sont capables de retrouver leurs petits dans un champ de blé grâce au sifflement suraigu qu'ils émettent. Ma firme est d'ailleurs à la recherche d'un procédé qui permettrait de faire sortir les rats d'un immeuble en faisant appel à des émetteurs d'ultra-sons. Nous en sommes encore aux préliminaires, mais l'efficacité semble d'ores et déjà bien établie.

— Peut-être était-ce bien le cas : des ultrasons. En tout cas, la manière dont ils vous observent, vous dévisagent, est bel et bien surprenante, elle. Ça m'est arrivé plusieurs fois, presque comme s'ils lisaient dans la pensée. Très, très étrange.

Il poursuivit alors son récit, leur livrant l'attaque de l'école dans ses moindres détails. Quand il eut terminé le silence s'installa autour de la table.

— Désolé de ne pouvoir vous être plus utile, finit-il par prononcer, avec le vague sentiment d'oublier quelque chose, mais quoi ?

— Au contraire, au contraire ! — Foskins était tout sourire. — Vous nous êtes parfaitement utile ! Maintenant, si vous voulez bien nous donner le temps de digérer toutes vos informations...

Le jeune chercheur que Foskins avait fait rougir au début de l'entretien bondit soudain sur ses pieds en gesticulant.

— Il faut les infecter ! Oui ! Les contaminer !

Tous les yeux se braquèrent sur lui.

— Comment cela ? demanda Foskins, sceptique.

— On injecte un virus à des animaux — des chats, des chiens, pourquoi pas des rats bruns ? — quelque chose de terriblement infectieux, mortel pour les rats. Nos biochimistes n'auront aucun mal à trouver ça. Puis on lâche les animaux en certains points que M. Harris devrait pouvoir nous indiquer — près du canal, par exemple. Bon. Ces animaux sont attaqués par les rats noirs qui sont infectés à leur tour. Ils répandent la maladie parmi leurs congénères, ils se détruisent eux-mêmes.

Le silence se rétablit pour quelques instants.

— Il y a des risques d'infection. D'épidémie, suggéra quelqu'un.

— Pas si l'on choisit le bon virus.

— Ça risquerait de tuer aussi tous les animaux de Londres et des environs.

— Le jeu en vaut la chandelle, non ?

Nouveau silence.

Puis Foskins dit :

— Ma foi, ça pourrait marcher.

Le jeune chercheur rayonna. Un sourire de gratitude envahit ses traits.

— C'est vrai ! — L'un des savants se pencha en avant. — Ils sont trop futés pour manger les appâts empoisonnés, à moins qu'ils ne soient immunisés. Mais si nous pouvons leur coller une maladie...

— Pas avec des rats, en tout cas, reprit un autre. — L'idée commençait à faire son chemin. — Le risque serait trop grand, avec d'autres rats. Les réactions de cet animal sont par trop imprévisibles.

— D'accord. Alors, des chiens, des chiots si vous préférez pour faciliter la tâche des rats.

L'idée de fournir des chiots aux horribles rongeurs révolta Harris.

— Pourquoi ne pas se contenter d'inoculer de la viande crue ? suggéra-t-il.

— Non, nous avons besoin d'un virus qui se développe sur les êtres vivants.

— Et comment choisirons-nous le virus ? Nous ne disposons d'aucun rat géant captif. Comment saurons-nous si le virus est mortel ? demanda Foskins.

— J'ai déjà ma petite idée là-dessus, rétorqua un bio-chimiste. Les tests pourront être conduits sur le rat noir normal et extrapolés à son congénère plus gros — du moins on peut l'espérer.

La discussion se poursuivit, parfois passionnée. Les solutions se faisaient jour. Harris se sentait assez flatté d'être ainsi jeté au centre même des opérations mais son esprit continuait de le torturer pour un détail oublié.

— Eh bien, c'est parfait. — Foskins mettait ainsi un point final à la discussion. — Nous ne devrions pas attendre la découverte du virus adéquat plus de quelques jours. J'entends cependant qu'il fasse l'objet de tests approfondis — je n'ai pas besoin d'insister sur ce point — et nous devrions par conséquent être en mesure de passer à l'action vers le milieu de la semaine prochaine. Entre-temps, M. Harris et moi-même, aidés d'un responsable de la municipalité, sélectionnerons les lieux adaptés à une intervention. M. Harris a grandi dans ce quartier et j'en déduis donc qu'il est à même de juger des endroits les plus susceptibles d'abriter des rats. Que tout le monde poursuive de front les autres activités — poisons, gaz et le reste. Nous nous réunirons chaque matin à huit heures trente pour faire le point de la situation. Des questions ? Non ? Parfait. Au travail, donc. — Il se tourna vers Harris et lui proposa, à voix basse : — Je vous offre un verre ?

Traversant la rue en sortant de la mairie, ils entrèrent dans un *pub* qui venait d'ouvrir ses portes. Clignant des yeux dans la demi-obscurité du lieu, Foskins porta la main à son portefeuille et demanda :

— Qu'est-ce que vous prenez ?

— Une bière.

— Une pinte et un gin-Tonic, s'il vous plaît.

Ils trouvèrent un coin tranquille et s'y affalèrent dans des fauteuils recouverts de skaï.

— Chin-chin ! dit Foskins.

— Santé, répliqua Harris.

Ils burent un moment en silence.

— Je suis surpris, finit par dire Harris.

— De quoi ?

— De vous voir à la tête de tout ça.

— Ah, oui. Comme je vous l'ai expliqué au téléphone, l'opinion réclamait une tête. J'étais un choix logique. — Un mince sourire étira ses lèvres, tandis qu'il étudiait le rebord de son verre. — Il faut toujours un bouc émissaire... c'est comme ça, voilà tout. — Il haussa rapidement les épaules pour chasser ces pensées mélancoliques et sourit au jeune professeur. — Mais je connais trop bien mon métier pour qu'ils puissent se passer de moi et ils — vous savez ce fameux « ils » anonyme — le savent. Ma seule erreur, voyez-vous, a été de sous-estimer l'ennemi. Une faute grave, je vous l'accorde. Et qui eut les pires conséquences, j'en conviens. Mais, vu les circonstances, l'erreur était naturelle, vous en conviendrez à votre tour. Ce n'est pas le genre de choses qui se passent tous les jours, n'est-ce pas ?

— Probablement pas.

Harris but une longue gorgée, sentant le regard de Foskins sur lui.

— Vous-même ne m'avez guère épargné, lors de notre dernière rencontre, dit Foskins.

Et Harris entrevit soudain le pourquoi de sa participation à l'opération. Il n'était pas si nécessaire que ça, à ses propres yeux, les renseignements qu'il avait apportés ne servaient pas à grand-chose. Foskins avait été maltraité par le public. Maltraité et mésestimé. On avait demandé sa tête et, du moins en surface, on l'avait obtenue. Lui-même, Harris, l'avait méprisé. D'une façon symbolique, il représentait donc l'opinion, le public tout entier. Il était le point de contact de Foskins avec les gens qui l'avaient tourné en ridicule. Et il s'apprêtait à leur prouver qu'ils s'étaient trompés. A leur montrer qu'il restait le patron et qu'il était très, très compétent.

« Compte là-dessus et bois de l'eau ! » songea Harris.

— Eh bien, on dirait que nous avons fait un grand pas en avant, aujourd'hui. — Foskins se rencogna dans son fauteuil, un large sourire aux lèvres. — Je ne comprends pas pourquoi nous n'y avons pas pensé avant. Encore un verre ?

— Permettez-moi, dit Harris, vidant son verre et se levant. La même chose ?

Quand il revint avec les consommations, l'autre était plongé dans ses pensées. Foskins leva les yeux sur lui et le dévisagea presque comme un étranger.

— Merci, dit-il. Oui, je crois que nous en sommes sortis, aujourd'hui. Les choses seront bientôt revenues à la normale. Vous retrouverez votre école et moi mon poste. Pas ouvertement, bien sûr, à moins que je ne sois nommé dans un autre service. Rien de déshonorant, en tout cas. — Il avala une gorgée de gin. — Dites-moi, pourquoi exercez-vous dans l'East End ? Il y a des tas d'endroits plus agréables, non ?

— C'est mon quartier.

— Ah bon, alors vous demeurez toujours par ici ?

— Non, j'ai un appartement près de King's Cross.

— Marié ? Oui, sûrement.

— Non, pas vraiment.

— Je vois. Moi, je l'étais.

Foskins but une longue gorgée, laissant son esprit partir de nouveau à la dérive. Harris commençait à s'agacer de la tournure mélancolique qui semblait décidément devoir être celle de la conversation.

— Vous croyez qu'ils trouveront le bon virus à temps ? demanda-t-il pour changer de sujet.

— Oh, oui ! Pas de problème. Ces types trouveraient le moyen de coller les oreillons à une sauterelle ! C'est le temps qui compte par-dessus tout. Vous connaissez la vitesse de reproduction de ces fichus rats ? Cinq à huit fois par an. Et leurs petits sont eux-mêmes en état de se reproduire après trois mois ! Vous êtes professeur, vous n'avez qu'à faire le calcul : si nous ne les arrêtons pas très vite ces sales bêtes envahiront la ville entière. Un autre verre ?

— Non, il faut que j'y aille, dit Harris. On m'attend.

— Bien sûr, bien sûr, je comprends. — La mélancolie le reprenait. Mais il ajouta, de nouveau tout sourire : — bon, eh bien, je vous vois demain, en pleine forme, hein ?

— Vous voulez vraiment que je vienne ?

— Mais oui, bien sûr. Vous êtes dans le coup maintenant, mon vieux. Ne vous en faites pas pour vos grands chefs. Je vais arranger ça avec eux. Pour tout vous dire, c'est déjà fait. Vraiment, vous n'en prenez pas un autre ? D'accord. A demain, alors.

Harris quitta le pub avec soulagement. Il ne savait pas très bien en quoi Foskins lui était antipathique — peut-être ces sautes d'humeur perpétuelles. Tantôt ouvert, intelligent, chaleureux, efficace ; l'instant suivant, un air de chien battu ; c'était la seule expression à laquelle il pouvait penser pour définir l'attitude du haut fonctionnaire. Il était impatient de retrouver Judy.

Foskins était perdu dans la contemplation de son verre. « Je ne devrais pas rester ici trop longtemps », songeait-il. A supposer qu'un des membres de son équipe s'amène et le trouve ici occupé à boire tout seul, ça ne ferait pas trop bon effet — surtout en ce moment.

Il se posait des questions sur le jeune enseignant. Il vivait probablement avec une femme — n'avait pas l'air homosexuel. Sûr de lui, indépendant. Jeune. Sa participation ne serait pas inutile. Pas indispensable, bien sûr, mais pas inutile — ça lui apprendrait au moins à quel point il était difficile d'organiser quelque chose de ce genre. Une expérience salutaire — si seulement un plus grand nombre de gens pouvaient se faire une idée des difficultés de ces entreprises, ils ne seraient peut-être plus aussi prompts à réclamer des têtes à la première crise. « Je leur montrerai que je ne suis pas déjà bon pour la retraite. »

Il commanda un verre — le dernier en vitesse, se dit-il — et regagna son siège.

« C'est drôle, la façon dont tout se passe toujours, songea-t-il. Ce combat perpétuel pour s'affirmer auprès des autres, leur montrer sa valeur. Il y a des gens à qui tout semble donné — ils sont nés comme ça. D'autres doivent travailler jour et nuit pour parvenir au même résultat. » Il était de cette seconde catégorie. Un « bûcheur ». Mais avec l'obligation, bien sûr, de toujours cacher cette particularité, de jouer le brio, la facilité. Avec la complicité de sa femme, c'eût été facile.

Mais non, elle lui en voulut toujours de ces nuits blanches à gratter du papier. Elle le trompa. Elle finit par le ridiculiser en public et, comble d'horreur, alors qu'il se décidait à divorcer pour mettre fin au scandale, aux rumeurs, aux ragots, elle trouva encore le moyen de partir la première, avec un employé des P. et T !

« Bah ! Encore un verre et je rentre... »

Chaque matin à huit heures trente, Harris se présentait à la mairie. Avec Foskins et quelques employés de la municipalité, il établit une liste de dix points plus susceptibles d'avoir été infestés par les rats. A la fin de la semaine, les biochimistes avaient arrêté leur choix sur un virus.

L'admiration du professeur pour leur rapidité les fit rire.

— Bah, ce n'était pas un gros travail, le virus, nous l'avons depuis des années. Un petit legs des Allemands. Vous savez, la guerre bactériologique, ça existe. Non, le difficile, ça a été de trouver l'antidote : à l'origine, ce virus était destiné à détruire tout notre bétail. Avant de l'utiliser, il nous a donc fallu mettre au point le vaccin qui mettra le bétail anglais à l'abri d'une telle catastrophe. Voilà qui est fait — nous avons même deux vaccins, au cas — absolument improbable — où nous aurions le moindre problème avec le premier.

Foskins les félicita pour cet excellent travail et on décida du calendrier de mise en œuvre du plan d'action.

— Parfait, messieurs, conclut le sous-secrétaire d'Etat. Mardi matin, à six heures, nous lâcherons les premiers chiots inoculés. L'opération se poursuivra pendant toute la matinée, jusqu'à ce que les neuf autres emplacements choisis aient été visités et garnis de nos malheureux animaux. Des questions ?

— Oui, dit Harris en levant la main. — Il la rabaissa précipitamment quand il se rendit compte qu'un réflexe professionnel inversé l'avait fait imiter ses élèves. — Que se passera-t-il si, au moment de lâcher les chiots, nous sommes attaqués par des rats ?

— Tout le monde sera revêtu d'une combinaison protectrice. C'est devenu la règle pour toute opération de ce genre. Vous les trouverez inconfortables mais efficaces. — Foskins jeta un coup d'œil circulaire. — D'autres questions ?

— Oui, dit encore Harris.

— Dites.

— Et si ça ne marche pas ?

— Si quoi ne marche pas ?

— L'idée.

— Dieu seul pourrait répondre à votre question, Harris. Et, si ça ne marche pas, c'est de lui que nous aurons besoin !

Le canal s'enveloppait de brume dans l'aube grise. Les eaux sales s'agitaient de temps à autre sous l'effet du vent et envoyaient des vaguelettes mourir contre les berges de pierre de la rivière artificielle.

Un bref aboiement troua le silence. Cinq hommes s'avancèrent le long de la rive, leurs silhouettes évoquant des visiteurs d'une autre planète. Un lourd tissu, semblable à du plastique, les couvrait de la tête aux pieds et ils portaient en outre de lourds casques à large visière de verre. Deux d'entre eux portaient un gros panier. Le couvercle en sautait de temps à autre, comme si les occupants avaient cherché à se libérer. L'un des hommes désigna un point de la berge et les autres y déposèrent le panier.

— Ça devrait aller, dit Harris, tout en sueur à l'intérieur de la lourde combinaison.

Il souleva la visière de son casque pour que les autres puissent l'entendre plus clairement.

— C'est ici que nous avions aperçu les rats, la dernière fois. Ils nageaient dans le canal. Puis ils ont grimpé sur la berge et ont disparu par le trou que vous voyez là-bas.

Il indiquait du doigt l'autre rive.

On ouvrit le panier et l'on en sortit trois petits chiens. Harris caressa l'un d'eux avec tendresse. Pauvre petit corniaud, songeait-il.

Le jeune chercheur, dont Harris avait appris, après la première réunion, que le nom était Stephen Howard, releva la visière de son casque et s'épongea le front de sa main gantée.

— Bon ! On va en enchaîner deux et laisser le troisième se balader. De cette façon, les rats leur tomberont forcément dessus.

Harris les regarda planter un piquet de métal dans le sol durci du sentier qui longeait le canal boueux et y enchaîner deux chiots.

— Allez, petit père, va-t'en !

Il déposa le troisième chiot, qu'il avait pris dans ses bras, et le poussa doucement, mais le petit animal se pressa contre sa main, avec force coups de langue et l'œil implorant.

— Courage, petit père, c'est pour la patrie !

Le chiot s'accroupit et le regarda.

— Bon Dieu, marmonna Harris, c'est plus dur que je ne croyais.

Howard plongea la main dans le panier et en sortit de la viande crue.

— Ça devrait l'attirer. En principe c'était pour appâter les rats, mais ces pauvres bestioles ont bien droit à un dernier repas. Je vais l'attirer jusqu'au pont et je le laisserai là-bas avec de quoi festoyer. Par ici, petit ! Viens, allez, viens ! — Il plaça un lambeau de viande sous le museau du chien et le retira au moment même où claquaient les petites mâchoires avides. — Par ici !

— N'allez pas trop loin ! hurla Harris en voyant la silhouette étrange disparaître sous le pont.

Les autres entreprirent de répandre des morceaux de viande crue alentour des deux autres chiots, non sans leur en donner quelques morceaux pour qu'ils se tiennent tranquilles.

Un bruit de course leur fit à tous lever la tête. Howard revenait vers eux en agitant les bras. Ils mirent un certain temps à comprendre son agitation, jusqu'à ce qu'il eut montré du pouce le pont dans son dos. Ils comprirent alors pourquoi il s'en éloignait à la hâte.

Dans la demi-obscurité qui régnait sous le pont, ils aperçurent des formes noires qui s'agitaient autour du chiot. Harris fit mine de s'élancer mais une main vint se poser sur son épaule pour l'en empêcher. Il acquiesça d'un hochement de tête : qu'importait le chiot si des milliers de vies pouvaient être sauvées par son seul sacrifice ? Ce n'en constituait pas moins une mort affreuse pour la pauvre bestiole.

Soudain, il vit les formes noires se précipiter à la poursuite du chercheur titubant dans sa combinaison incommode. Le premier poursuivant eut tôt fait de rejoindre le faux extraterrestre et de lui sauter aux jambes. Il s'accrocha au matériau dont la combinaison était faite sans parvenir à y planter ses dents. Howard continuait de courir, traînant après soi la tenace créature.

— Votre visière ! hurla Harris. Fermez votre visière !

Howard l'entendit et rabattit d'un geste le verre protecteur. Quand un autre rat lui sauta aux jambes, il trébucha mais parvint à garder l'équilibre. Les autres hommes contemplèrent avec horreur le troisième rat qui lui escalada le dos et s'attaqua à son casque. Il tomba lourdement, une main battant l'eau du canal. Il se leva sur les genoux. Il grouillait de rats, maintenant. Il cherchait vainement à s'en débarrasser ; ils restaient attachés à lui comme des sangsues géantes.

Harris vit alors ce qu'il craignait le plus : une déchirure fit son apparition dans l'épais tissu de la combinaison. Il courut à la rencontre de Howard, les trois autres hommes sur les talons. Quand il atteignit la hauteur du jeune chercheur, il entreprit d'arracher les rats qui s'attachaient à lui, en proie à une véritable frénésie qui semblait les rendre insensibles aux coups qu'on leur portait. Harris en jeta deux dans le canal à coup de pied, souhaitant qu'ils fussent suffisamment étourdis pour se noyer. Sans se préoccuper des créatures qui s'accrochaient encore à lui, il hissa Howard sur pieds et l'entraîna le long de la berge.

Chaque homme se battait désormais pour sa propre vie, les rats arrivant toujours plus nombreux. Ils se dirigèrent en titubant vers la brèche dans le mur, seule voie de salut, seul moyen d'échapper au piège mortel du canal. Un léger répit leur fut accordé quand ils parvinrent à la hauteur des deux chiots et des morceaux de viande qu'ils avaient répandus sur le sol : les rats affamés se jetèrent gloutonnement sur ces proies plus faciles.

— Aux véhicules ! — Harris entendit cet appel étouffé. — Nous avons du gaz dans les camionnettes !

Ils poursuivirent leur chemin, avec moins de difficulté maintenant que la plupart des rats s'étaient jetés sur les appâts. S'aidant les uns les autres, ils atteignirent la brèche et la franchirent. Aussitôt, les derniers rats qui s'accrochaient à leurs vêtements se laissèrent tomber sur le sol, comme s'ils sentaient le danger qu'il y avait pour eux à s'éloigner de la zone du canal. Harris en saisit un avant qu'il puisse s'échapper, surmontant la répulsion que lui causait les soubresauts de l'ignoble créature. D'une main, il lui serrait le cou, de l'autre les pattes arrière et il tenait le tout à bout de bras.

— Et voilà votre spécimen vivant ! cria-t-il tout en s'efforçant de maintenir sa prise.

— Bravo ! hurla Howard qui se précipita vers le professeur pour l'aider.

La force du rat géant était immense, et il se débattait comme un beau diable entre leurs mains. Les deux hommes serraient les dents et tenaient bon. Les autres rats, ceux qui avaient fait mine de s'enfuir, firent abruptement demi-tour et, franchissant la brèche, attaquèrent les deux hommes.

Les trois autres cherchèrent à repousser les rats à coups de pied et de poing mais ils comprirent vite qu'ils n'y arriveraient pas sans renfort. Leurs compagnons restés dans les camionnettes mirent alors les moteurs en marche et vinrent s'arrêter, dans un grand crissement de freins, au niveau de la mêlée. Les portes arrière des fourgonnettes s'ouvrirent et, tout en luttant, les hommes entreprirent d'y grimper. Les rats s'accrochaient à leur combinaison ou sautaient à l'intérieur des deux véhicules. Malgré son casque, Harris trouva le bruit assourdissant : aboiement furieux des chiens, cri suraigu des rongeurs, hurlement et cris des hommes. Il vit que le chauffeur du véhicule dans lequel il avait sauté ne portait ni casque ni gants. Il lui cria de couvrir sa tête et ses mains mais son cri se perdit dans le tumulte. Dans la première fourgonnette, deux hommes s'affairaient autour des bouteilles de gaz, repoussant à coups de pied les rats qui bondissaient à l'intérieur. Howard et Harris maintenaient leur captif, maîtrisant la douleur que leur causaient ses morsures qui, sans pénétrer le tissu, les pinçaient cruellement. La fourgonnette démarra, les rats continuaient de chercher à y pénétrer en sautant par les portes ouvertes. Les portes furent refermées à la volée, bloquées dans leur course par le corps d'un rat qu'un vigoureux coup de pied renvoya valser sur la route.

Le gaz d'une bouteille ouverte commença à faire son effet sur les rats restés à l'intérieur et qui s'acharnaient à attaquer.

— Pas celui-ci ! enjoignit Howard. Il nous le faut vivant. Trouvez quelque chose pour le mettre.

On vida de son contenu une boîte à outils métallique, et ils fourrèrent sans ménagement le rat à l'intérieur. On ferma le couvercle. La fourgonnette fit un écart soudain et tous les passagers tournèrent les yeux vers le chauffeur. Un rat avait planté ses crocs dans une de ses mains qu'il secouait désespérément. On dirigea un jet de gaz sur le rat qui ne tarda pas à tomber sur le sol, au pied du chauffeur dont le bras pendait maintenant, comme paralysé. Grognant de douleur, il continuait de conduire, en se servant de son seul bras droit. Le gaz eût tôt fait de tuer les quelques rats qui restaient.

— Doucement, sur le gaz ! lança Howard. Il ne s'agit pas de tuer les chiens aussi !

Quand le dernier rat eut titubé comme un ivrogne avant de se raidir et de mourir, les hommes retirèrent leur casque protecteur et tournèrent leur regard vers le chauffeur qu'ils savaient condamné.

— Le second fourgon n'est pas loin, annonça Howard après s'en être assuré d'un coup d'œil par la lunette arrière. Nous sommes assez loin, maintenant, lança-t-il à l'adresse du conducteur. Garez-vous que nous puissions nous occuper de votre blessure.

Il échangea un regard avec Harris, secouant la tête d'un air désabusé.

La fourgonnette se rangea le long d'un trottoir. L'autre l'y rejoignit bientôt. Les portes s'ouvrirent, et les hommes en descendirent lourdement, heureux de pouvoir respirer l'air frais du matin après les relents âcres du gaz. Harris avait mal au cœur et la tête lui tournait légèrement, il s'appuya contre la fourgonnette.

— En trop grande quantité, ce gaz est mortel pour l'homme, lui dit Howard. Surtout dans un espace confiné comme ça. Heureusement que nous portions des casques. Le chauffeur vient de tourner de l'œil, je crois que c'est plutôt l'effet des gaz que celui de sa blessure. Et pourtant il était près d'une fenêtre ouverte, lui.

— Est-ce qu'il se sait condamné ? demanda Harris, l'esprit encore brumeux.

— Tout le monde est au courant désormais, Harris. C'est de sa faute, il aurait dû se protéger.

— Ouais... D'ailleurs, il n'est peut-être pas le seul...

Harris indiquait du doigt la déchirure dans la combinaison de Howard.

Le chercheur pâlit et porta sa main au trou.

— Je ne crois pas avoir été mordu, dit-il, mais je suis meurtri et couvert de bleus. Bon sang !

Il se battait avec la fermeture Eclair de son costume gris et finit par la faire coulisser. A son grand soulagement, il découvrit ses sous-vêtements intacts. Avec un profond soupir il vint à son tour s'adosser à la fourgonnette.

Quelques instants plus tard, il reprit la parole :

— On va emmener ce malheureux à l'hôpital. Ça ne lui servira pas à grand-chose, mais enfin. Et puis reprenons notre travail. Seulement je vais téléphoner à Foskins pour qu'il nous envoie une protection efficace. Non mais, vous vous rendez compte ? Nous n'avons fait que le dixième du travail, pour le moment ! J'espère que vous nous avez choisi quelques coins moins dangereux, Harris !

Harris lui adressa un mince sourire.

— Vous croyez qu'il existe un seul endroit moins dangereux, par ici ?

Ils furent encore attaqués par trois fois, au cours de cette journée. Quand Harris rentra chez lui ce soir-là, il était totalement épuisé, physiquement et moralement. Les activités terribles de la journée avaient mis son système nerveux à rude épreuve. Il se laissa tomber dans un fauteuil et fit à Judy le récit des événements de la journée.

— C'est probablement l'épisode du canal qui a été le pire — surtout la blessure du chauffeur — ça nous a secoués et après, on a été un peu plus prudent. De là, nous nous sommes rendus dans les docks — je n'avais jamais vu les rues aussi désertes — nous avons jeté les appâts et nous nous sommes tirés en vitesse.

Il évitait soigneusement de parler des chiots car il connaissait l'amour de Judy pour les animaux.

— Mais à un moment, nous avons arrêté les fourgonnettes à l'entrée d'un chemin conduisant à la Tamise et nous sommes allés porter les appâts à pied jusque sur la berge. Quand nous sommes revenus sur nos pas ces saletés nous barraient le passage. Ils sortaient d'un soupirail, il y en avait des centaines. On n'a pas perdu de temps ! Howard s'est précipité, toute l'équipe sur les talons ; nous nous sommes frayés un chemin à coups de pied. Heureusement que nous avions les combinaisons ! On s'est jeté dans les fourgonnettes et on a démarré vite fait.

« C'est bizarre, mais pendant que nous étions à la

mairie occupés à dresser des plans ou à entendre des rapports — et même le mien, à moi qui avais pourtant l'expérience directe de ces sales bêtes — nous ne nous sommes jamais rendus compte de la gravité réelle de la situation. Il aura fallu ce qui s'est passé aujourd'hui pour nous ouvrir les yeux. Ce matin, les rues étaient pratiquement désertes et, plus tard, les gens ne s'y déplaçaient qu'en groupe ou en auto.

« De toute façon nous avons alors reçu l'escorte promise par Foskins. Il avait fait appel à l'armée. Deux camions de bidasses équipés de canons à eau, de lance-flammes, de gaz, tout le bataclan. Ça nous a un peu regonflés bien sûr.

— C'est par là qu'il aurait fallu commencer, interrompit Judy, furieuse non contre lui mais contre Foskins, le responsable.

— Je sais, dit Harris, mais c'est ce qui a été fait tout du long. On les a sous-estimés. Malgré les événements, nous n'avons jamais réussi à les considérer comme autre chose que des animaux nuisibles — pas comme l'effrayante puissance qu'ils ont l'air de devenir. Même après le massacre du métro et l'attaque de l'école, nous ne nous attendions pas à en rencontrer autant en un seul jour. Je sais bien que j'avais moi-même choisi les endroits les plus susceptibles de leur servir de repaire — il le fallait bien si notre mission devait servir à quelque chose — mais je n'aurais moi-même jamais cru que nous serions attaqués si souvent. Je te le dis, si ça rate, il faudra raser tout le quartier.

Judy frissonna.

— Et si c'était trop tard ? Tu dis toi-même qu'ils se reproduisent à toute vitesse. S'ils se répandaient dans tout Londres ?

Harris garda quelques instants le silence puis :

— Adieu Londres, finit-il par prononcer.

— Oh, chéri, partons maintenant. Tu as fait tout ce que tu pouvais, tu les as aidés autant qu'il était possible. Tu es le premier à dire qu'ils n'ont pas vraiment besoin de toi, que Foskins se fait plaisir. Laisse-les se débrouiller. Partons avant que cela n'empire.

— Voyons, Judy, tu sais bien que c'est impossible, où irions-nous ?

— Chez tante Hazel pour commencer. Tu pourrais te faire muter ; et moi je travaillerais dans une boutique. Toutes les écoles sont surchargées d'enfants évacués et n'arrêtent pas de demander des professeurs.

— Non, mon petit. Je ne peux pas partir maintenant. Tu sais, pendant la journée, avec ces ridicules tenues d'extra-terrestres, escortés de trouffions armés jusqu'aux dents, j'ai fait le guide ; je les ai tous emmenés dans les endroits que je connaissais, que je connaissais bien, qui avaient fait partie de ma vie — et j'ai compris qu'il faudrait que j'aille jusqu'au bout. Je sais bien que ça peut paraître idiot, mais c'est chez moi, c'est mon coin, mon territoire. Les types qui m'accompagnaient étaient des étrangers. Pour Foskins et son ministère c'est comme un autre pays. Oh, je ne dis pas que j'aime cet endroit, que je l'ai dans le sang. Rien d'aussi bête que ça. Mais je ne peux m'empêcher de me sentir un peu responsable — comme si ma maison natale tombait en ruine. Tu comprends ?

— Je comprends, oui. — Judy lui sourit. Elle lui prit la main. — Grand naïf.

Il haussa les épaules et sourit comme pour lui-même.

— Il y a eu d'autres incidents, aujourd'hui ? lui demanda-t-elle.

— Oui. Dans une cour d'école nous en avons aperçu tout un tas en train d'attaquer un chien. Alors nous sommes passés au milieu d'eux sans nous arrêter et en balançant les appâts par la fenêtre. — Il revoyait cette scène affreuse, ses compagnons jetant les chiots directement au milieu des rats, un acte auquel il n'avait pu lui-même se résoudre. — Plus tard, nous sommes allés dans les restes d'une église bombardée et nous y avons découvert le squelette de deux personnes. Qui était-ce et depuis combien de temps étaient-ils là, nous n'avons pas pu réussir à le déterminer. Ils étaient trop propres pour être là depuis très longtemps et il n'y avait pas la moindre trace de vêtement. Le plus bizarre c'est qu'ils étaient étroitement enlacés comme des amants. Nous avons commencé à décharger les appâts quand nous avons entendu un hurlement. C'était un membre de l'équipe qui courait en tous sens comme un fou, un rat accroché après la nuque. Heureusement sa combinaison l'a protégé efficacement, mais sa terreur a été contagieuse. Nous nous sommes tous précipités vers la sortie. Deux d'entre nous se sont portés au secours de celui qui avait été attaqué mais ils se sont vite retrouvés en aussi mauvaise posture que lui. Tous ces rats sortaient d'un trou sur lequel on a dirigé un canon à eau pendant que les soldats débarrassaient les trois types de leurs attaquants à coups de baïonnettes. Si on avait écouté l'officier on aurait rempli tout ça de gaz mais Howard s'y est opposé. Il fallait que les rats vivent si nous voulions qu'ils répandent le virus.

« Après ça on a eu moins d'ennuis. Nous avons continué d'en rencontrer mais nous nous sommes montrés plus prudents. La leçon nous avait servi, nous nous sommes éloignés des fourgons le moins possible, prêts à sauter dedans à la première alerte. On ne peut pas dire que nous nous soyons montrés très braves, nous étions trop conscients des conséquences.

— Je n'ai que faire d'un héros mort, dit Judy.

— Tu peux compter sur moi.

— Et maintenant ?

— Il ne reste plus qu'à attendre. Attendre de voir si le virus est efficace et, s'il l'est, il devrait se répandre assez vite. D'après eux, nous devrions être fixés d'ici une quinzaine de jours.

— Et si ça ne marchait pas ?

— Ma foi, ça dépasserait largement le cadre de l'East End. Rien n'empêcherait plus les rats d'envahir l'ensemble de Londres. Si c'est ce qui se passe, j'aimerais mieux être ailleurs.

11

LES rats sortirent dans les rues pour mourir. Comme si d'avoir passé leur vie à grouiller dans la pénombre leur avait soudain fait souhaiter respirer l'air pur du dehors avant de périr. Leurs cadavres jonchaient les rues, et pourrissaient au soleil. Les habitants du quartier commencèrent par s'en inquiéter. Mais quand ils comprirent que la vermine était en train de mourir, l'inquiétude fit place à un immense soulagement. Les cadavres étaient assemblés en tas puis chargés dans des camions qui les emportaient vers des incinérateurs où ils étaient réduits en cendres inoffensives. Il n'avait fallu attendre que deux jours pour qu'apparaissent les premiers signes des effets du virus et les événements se précipitèrent dans le courant de la semaine suivante. On dénombrait encore quelques attaques contre des personnes mais elles se faisaient moins fréquentes et l'on découvrit que le virus avait un effet secondaire remarquable.

Un soldat fut mordu par un rat qu'il avait cru mort. Il le tua puis se rendit à l'hôpital où il s'attendait à mourir. Son état demeura critique pendant trois jours mais il finit par s'en tirer et on attribua sa survie à une réaction du nouveau virus sur la maladie dont les rats étaient porteurs. Le germe mortel s'en trouvait considérablement affaibli.

Quelques autres victimes de morsures n'eurent pas

autant de chance. Certaines moururent dans les vingt-quatre heures, d'autres traînèrent jusqu'à une semaine. Il n'y eut pas assez de cas pour qu'on pût en tirer des conclusions définitives mais le simple fait qu'une victime avait survécu et que d'autres avaient mis une semaine à mourir était encourageant.

Trois semaines plus tard on commença à estimer que le danger était passé bien que l'on eût recensé seulement deux mille cadavres de rats environ. On supposa que le reste de la population était morte ou mourante sous terre.

La vie revint lentement à la normale. On mit au point des plans pour le nettoyage et la réhabilitation des plus vieux quartiers de l'est de Londres. Un certain nombre d'immeubles et de constructions seraient détruits, les terrains vagues, en revanche, seraient construits ou à tout le moins bétonnés et transformés en parkings ou terrains de jeux. Toute la zone des docks serait rénovée et modernisée. Les sous-sols inutilisés seraient hermétiquement fermés tandis qu'une vaste opération de rénovation et de reconstruction du réseau d'égouts et de canalisations serait entreprise. Il y faudrait des millions et des millions de livres mais la leçon ne serait pas oubliée. Pour finir, Stepney et Poplar deviendraient probablement des quartiers à la mode et leur passé serait oublié.

Foskins fut complètement blanchi des premières accusations qui avaient été portées contre lui et retrouva officiellement ses fonctions. Le premier ministre le félicita en personne et il transmit ses félicitations à l'équipe qui l'avait aidé à accomplir sa tâche. Lors d'une conférence de presse, il chanta les louanges des spécialistes dont les efforts et l'ingéniosité avaient finalement permis de vaincre les affreuses créatures et la terrible maladie qu'elles véhiculaient. Sans jamais le dire il laissa subtilement entendre que tout le crédit lui en revenait en tant que père et organisateur du projet.

Ils continuaient de se réunir chaque jour à la

mairie pour discuter des progrès de l'opération mais le sentiment d'urgence les avait quittés. On utilisa le virus pour mettre au point un sérum contre les morsures du rat qui cessèrent donc d'être mortelles. La chose passa presque inaperçue puisque les cas de morsure se faisaient chaque jour plus rares.

Le danger était passé. C'est du moins ce que tout le monde croyait.

12

JUDY était dans son bain, tout à la jouissance de sa tiédeur de cocon, quand elle entendit le téléphone sonner. Harris décrocha et sa voix étouffée lui parvint par la porte restée entrouverte de la salle de bains. Elle se demanda vaguement qui pouvait appeler. Au bout d'un moment, elle entendit le déclic du récepteur remis en place puis des pas traversant le salon en direction de la salle de bains. Harris entra, un sourire ironique sur le visage.

— C'était Foskins, dit-il en s'asseyant sur le bord de la baignoire.

— Un dimanche matin ? Il ne peut plus se passer de toi.

— Tu parles. Il me flanque à la porte.

— Quoi ? Pourquoi ?

— Il n'a plus besoin de mes services. « Merci de votre aide, mon vieux, elle m'a été extrêmement précieuse, croyez-le bien, mais le creux de la vague est derrière nous. J'estime qu'il serait peu correct d'abuser plus longtemps de votre temps. »

— Le vieux salaud !

— Non, pas vraiment, je ne pouvais plus faire grand-chose. A vrai dire, je suis plutôt soulagé : je me sentais assez inutile depuis deux semaines.

— D'accord, mais il se débarrasse de toi au moment même où c'est presque fini.

— Bah, sa démonstration est réussie, non ? Il n'a

139

plus besoin de moi pour représenter le public — il l'a de nouveau tout entier. De toute façon, les gosses ne vont pas tarder à rentrer et je reprendrai mes bonnes vieilles habitudes.

— Hmm, peut-être. — Judy s'enfonça encore dans l'eau. — Il n'en reste pas moins un vieux salaud.

Harris rit et lui éclaboussa gentiment le visage.

— Il nous invite à « une petite sauterie » mardi prochain.

— Quoi ? — Judy se redressa. — Sans blague ?

— Il sait qu'il est une crapule et il a du mal à s'y habituer. C'est probablement sa faiblesse — ce n'est qu'un demi-salaud. Il me fait une vacherie mais il voudrait bien que je continue de l'aimer.

— Je vois. Et alors, tu continues de l'aimer ?

— Qu'est-ce que ça peut faire ? Il me fait un peu pitié d'une certaine façon. Mais je me moque complètement de notre petit comité — je suis heureux d'en être sorti. Maintenant que le pire est passé, j'ai vraiment mieux à faire.

— Et, tu comptes aller à sa petite sauterie ?

— Pourquoi pas ? Ça fait une soirée…

Foskins les accueillit chaleureusement quand ils arrivèrent chez lui le mardi suivant.

— Salut, mon vieux. Ah mais, vous devez être Judy. Entrez, entrez, je vous en prie.

« A moitié rond déjà », songea Harris échangeant un clin d'œil avec Judy.

— La plupart de mes invités sont arrivés. — Foskins parlait un peu trop fort. — La salle de bains est en haut de l'escalier et à gauche, la chambre à coucher à droite, si vous voulez déposer votre manteau.

Judy se dirigea vers l'escalier, et Harris suivit Foskins dans une pièce pleine de gens qui bavardaient. Il aperçut Howard parmi l'un des groupes, tout à la gloire des événements de la semaine précédente.

— Bonjour Harris ! lança-t-il avec un geste de la

140

main qui lui fit renverser la moitié de son verre sur la jeune femme qui était à ses côtés. — Venez que je vous présente à tout le monde.

Harris se dirigea vers le groupe, Foskins le guidant par le bras et s'emparant d'un scotch sur le plateau d'un garçon au passage. Howard le présenta à son groupe avec un air de camaraderie qu'il ne lui avait jamais remarqué dans leurs relations de travail.

— Oh, c'est vous le professeur qui avez sauvé tous ces petits écoliers, n'est-ce pas ? s'écria la jeune femme qui se trouvait à côté de Howard, pleine d'enthousiasme.

— Avec l'aide de la moitié des flics et des pompiers de Londres, oui, sourit Harris.

— Voyons, mon garçon, ne soyez pas modeste ! dit Foskins en plaçant une main sur l'épaule du professeur et en le secouant comme un prunier.

— Jane adore les héros ! annonça Howard en plaçant un bras possessif autour de la taille de la jeune femme.

— Suivez-moi, suivez-moi il faut que je vous présente à tout le monde.

Foskins l'entraîna par la manche. Judy les rejoignit au milieu de ce tour de piste, et ils échangèrent force sourires, poignées de mains et congratulations avec les autres invités. Après son troisième scotch, Harris se sentit mieux disposé vis-à-vis du sous-secrétaire d'Etat qu'il observait rire et plaisanter parmi ses collègues du gouvernement, admirant la fausse modestie enjouée avec laquelle il savait accepter leurs compliments. Il aperçut Howard de l'autre côté de la pièce, qui, sans prêter la moindre attention aux bavardages de Jane, semblait foudroyer Foskins du regard.

Judy l'interrompit dans ses pensées en lui murmurant à l'oreille :

— Alors, ça te plaît, la haute société ?

— Ça pourrait être pire. — Il lui sourit. — En tout cas, l'alcool coule à flots.

— Ce bon vieux Foskins nage dans la gloire.

— Bien sûr. A quoi crois-tu que serve cette réunion ? D'ailleurs, tu ne peux pas lui en vouloir.

— Pour un contestataire, je te trouve plutôt indulgent !

Il rit, lui passa un bras autour de l'épaule et l'attira contre lui.

— D'accord, il s'est trompé une première fois, mais il a su se rattraper rapidement.

— Avec ton aide et celle de tous les autres ! répliqua Judy indignée.

— Elle a raison, Harris ! — Howard avait traversé la pièce pour les rejoindre, Jane sur les talons. — Il s'est débrouillé pour qu'on lui attribue tous les mérites de l'opération, et maintenant il joue les modestes alors que c'était mon idée.

— Parfaitement, approuva Jane, transportée.

— Et, à propos, ajouta le chercheur non sans malice, j'ai été désolé de constater que vous ne faisiez plus partie de l'équipe.

Harris sourit, refusant de tomber dans le piège.

— Qu'est-ce que ça peut faire ? C'est fini maintenant, dit-il, cherchant des yeux le garçon et son plateau.

— C'est ça et nous n'avons plus qu'à retrouver nos obscurs petits travaux, tandis que lui...

— Ecoutez, si ça ne vous plaît pas, c'est à lui qu'il faut le dire, pas à moi.

Harris s'empara d'un verre sur le plateau qui passait.

— Vous avez raison ! et c'est ce que je vais faire, pas plus tard que tout de suite !

Et Howard marcha droit sur Foskins.

— Harris, tu es vraiment méchant, reprocha Judy au professeur qui souriait.

— Mon Dieu, il va faire un esclandre, gémit Jane.

A la seconde même où Howard arriva au niveau du jovial Foskins, la sonnerie du téléphone retentit dans l'entrée et, le sous-secrétaire s'étant excusé, le jeune chercheur resta planté là, la bouche ouverte.

Harris se sentit soudain moins joyeux en voyant le chercheur qui avait repris ses esprits partir sur les traces de Foskins.

Deux minutes plus tard, Howard revint dans la pièce, le teint terreux. Il les rejoignit en secouant lentement la tête d'un air incrédule.

— Chéri, que s'est-il passé, qu'y a-t-il ? demanda Jane inquiète.

Il les regarda à tour de rôle sans vraiment les voir.

— Ce coup de téléphone, commença-t-il. C'était notre quartier général.

Ils attendaient en silence, impatients.

— Il y a eu une autre attaque. Un massacre... dans le nord de Londres.

13

STEPHEN Abbott jeta un coup d'œil rapide au visage de sa compagne illuminé par l'écran de cinémascope. Le film l'ennuyait, d'une part parce que le gros cow-boy ridé avait très largement passé l'âge de jouer les supermen, d'autre part et surtout parce qu'il n'avait pas ses lunettes. Vikki ne savait pas qu'il devait en porter de temps à autre et il craignait de gâcher leurs relations en le lui apprenant. Elle se détacherait de lui probablement si jamais elle découvrait aussi qu'il avait deux fausses incisives. C'est pourquoi, dès qu'il lui « roulait un patin », il fallait qu'il fût terriblement sur ses gardes : imaginez qu'il aille perdre son appareil ! C'est qu'elle était vachement difficile. Elle pouvait se le permettre, d'ailleurs ! C'était de loin, la plus chouette gisquette du quartier.

Et ce n'était pas tout — il avait envie d'aller au cabinet. Ce n'était pas encore désespéré, mais l'idée qu'il ne pourrait pas y aller ne faisait qu'aggraver les choses. Or, s'il ne pouvait pas y aller, c'est qu'il n'avait pas ses lunettes et serait par conséquent incapable de retrouver sa place dans la bonne rangée en revenant. Ça lui était déjà arrivé une fois, ce coup-là, avec une autre gisquette. Il avait arpenté l'obscurité jusqu'à ce que la fille, gênée, finisse par lui faire un grand signe du bras. Elle l'avait trouvé godiche et avait refusé de sortir avec lui la fois suivante.

Il remua inconfortablement dans son fauteuil. Il passa un bras autour des épaules de la fille et elle se nicha tout contre lui, une main posée sur sa cuisse. La totalité de ses sens se concentrèrent sur cette petite surface de peau. Il l'embrassa légèrement sur la joue, puis, plus appuyé, sur les lèvres, et elle tourna la tête vers lui, accroissant la pression de ses doigts sur sa cuisse. Bon, ça faisait deux semaines maintenant qu'il se retenait pour ne pas gâcher ses chances et il songea que le moment était peut-être venu. Le cœur battant à grands coups, la tête pleine d'amour et l'envie de pisser soudain annulée par un désir plus fort, il plaça sa main libre sur le poignet de la fille et caressa l'étoffe soyeuse de son chemisier. Il amena un doigt tremblant jusqu'aux boutons du chemisier et l'introduisit par l'étroite ouverture ménagée entre deux d'entre eux, comblé de sentir soudain la peau tiède. Il remuait donc doucement le doigt, attendant la rebuffade. Comme elle ne vint pas, il retira son doigt et éleva lentement, lentement sa main vers la poitrine. Il finit par en atteindre le doux renflement et referma la main. Sans conviction, elle chercha à écarter sa main. Loin de la retirer, il l'introduisit par l'ouverture du chemisier, jusqu'à la coincer entre deux boutons.

Il la dégagea et défit l'un des boutons. Il entendit le soupir de surprise de la fille quand il introduisit de nouveau la main dans son corsage.

Il songeait : ma première. Ma première gisquette vraiment jolie ! Fini les boudins, les grosses, les maigres, les grands tarins, les dents de cheval ! Enfin une qui est jolie ! Vachement jolie ! Ooh, je l'aime ! Tu vas voir la gueule des copains quand je leur dirai qu'elle s'est laissée peloter !

Sa main se glissait à l'intérieur du soutien-gorge de dentelle, découvrait le dur petit téton, le pinçait, le pressait comme un bouton.

Soudain la fille poussa un hurlement et se leva d'un bond, entraînant sa main captive avec elle.

— Je ne voulais pas... balbutia-t-il, rouge de honte

à l'idée de tous ces regards convergeant soudain sur lui.

— Quelque chose m'a mordue ! hurlait Vikki. Il y a quelque chose par terre et ça m'a mordue !

Il baissa les yeux mais ne vit rien, dans l'obscurité. Il se courba, plus pour échapper aux regards des autres spectateurs que pour découvrir le fameux « quelque chose ».

— Il n'y a rien, dit-il misérablement.

— Mais si ! Je te dis !

Elle se mit à pleurer, se jetant presque sur les genoux du spectateur assis à côté d'elle. Dans la rangée d'à côté, quelqu'un alluma un briquet et en approcha du sol la petite flamme.

Une grosse forme noire était tapie sous un siège.

Vikki poussa un hurlement aigu, en même temps qu'une femme de la rangée d'à côté qui, elle, bondit sur ses pieds. En un instant, la salle entière fut en proie au tumulte. Les spectateurs se levaient, lançaient des coups de pied, sautaient pour éviter « quelque chose » à leurs pieds.

— Les rats ! lança une personne terrorisée dont le cri roula dans la salle, bientôt repris et amplifié par des dizaines d'autres.

Vikki commença à trépigner comme une folle, comme si le contact du sol la rendait plus vulnérable aux attaques des rongeurs. Stephen la prit aux épaules et tenta de la calmer. Les lumières de la salle s'allumèrent. C'est alors que la terreur atteignit son comble : tous les spectateurs virent que la salle entière grouillait de rats. Il y en avait jusque sur les dossiers des fauteuils. Des hommes, des femmes hurlaient tout en se battant pour essayer de s'arracher à leurs sièges, bloqués de part et d'autre par d'autres spectateurs. Les portes de sortie furent rapidement bloquées par la foule qui s'y pressait, la panique jetant les gens les uns contre les autres, trébuchant, tombant pour être aussitôt piétinés par d'autres fuyards. Sur l'écran, le grand cow-boy entamait le règlement de comptes final avec les méchants.

Stephen arracha un rat de la chevelure de Vikki et le jeta loin de lui, non sans que les dents acérées de la créature aient eu le temps de lui lacérer la main. Il l'attrapa par le bras et la tira au long de la rangée de fauteuils, poussant les gens qui se trouvaient devant lui. Les lumières de la salle baissèrent alors inexplicablement jusqu'à s'éteindre de nouveau. Seuls les reflets de l'écran éclairaient désormais la scène confuse. Quelque chose mordit la jambe du garçon, et il tenta de s'en débarrasser en donnant des coups de pied contre le dossier du fauteuil qui se trouvait devant lui. Mais il n'avait pas assez de recul, et le rat resta accroché. Il se pencha pour l'arracher avec les mains, mais un autre rat planta ses crocs dans celles-ci. En désespoir de cause, il s'assit sur le dossier du siège qui était derrière lui et leva à grand-peine sa jambe sur le dossier du siège de devant, hissant le gros rat noir qui s'y accrochait. Vikki s'éloigna de lui en courant et trébucha sur un homme aux prises avec trois rats et qui n'allait pas tarder à mourir. Elle tomba lourdement et fut instantanément recouverte de corps frétillants, ses cris se perdant dans ceux des autres.

Stephen prit la gorge du rat à pleines mains et serra de toutes ses forces sans parvenir à lui faire lâcher prise. Il en sentit un autre lui sauter dans le dos et planter ses crocs dans sa veste, dont il se débarrassa aussitôt sans réfléchir, laissant tomber le tout — veste et rat — entre les fauteuils de la rangée de derrière. Un homme qui se trouvait devant lui se saisit bravement du rat et tira pour l'arracher à la jambe du jeune homme. Instantanément, le rongeur lâcha prise et fit volte-face, mordant l'homme au visage.

Il s'abattit en hurlant de douleur et d'effroi.

Stephen regarda par-dessus les fauteuils et comprit qu'il ne pouvait plus rien pour son sauveur. Jetant les yeux autour de lui, il ne découvrit aucune voie de retraite ; il sauta donc sur le dossier d'un fauteuil et commença de progresser prudemment le long des rangées. Il s'appuyait quand il le pouvait sur les épaules d'autres spectateurs mais, la plupart du temps, il devait s'en remettre à la chance pour garder l'équilibre. A plusieurs reprises, il glissa mais parvint à se redresser d'un coup de rein. La peur qui l'habitait lui donnait le supplément de forces qui lui permettait de continuer. Autour de lui, le massacre devenait irréel. C'était un cauchemar auquel l'étrange lumière de l'écran géant contribuait à conférer un éclairage surnaturel.

Devant lui, un homme leva un rat au-dessus de sa tête et le projeta de toutes ses forces dans sa direction. Le long corps fourré le heurta au passage et le fit retomber entre les fauteuils. Il tomba de tout son poids sur le dos et demeura là un moment, le souffle coupé, incapable de bouger. Quelqu'un tré-bucha sur son corps étendu et s'abattit de tout son long, luttant avec un rat accroché à ses bras. Le rongeur se trouva écrasé contre sa poitrine ce qui le fit geindre d'angoisse. Il martela de ses poings l'homme et le rat, poussant des jurons mêlés de sanglots de petit garçon. Il fut soulagé du poids qui l'étouffait quand l'homme parvint à se remettre sur pied, le rat toujours accroché à ses bras, un autre lui étant tombé sur la nuque et cherchant à lui ouvrir la gorge.

Le garçon se releva, grimpa de nouveau sur les dossiers et reprit sa périlleuse navigation sur cette mer de spectateurs déchaînés et impuissants. Beau-coup de gens avaient maintenant réussi à gagner les allées latérales mais ils s'y pressaient en tel nombre qu'ils se bousculaient, se gênaient mutuellement et annulaient leur unique chance de salut : une fuite rapide. Les portes étaient bloquées par des corps entassés et ceux qui parvenaient quand même à se glisser dans le hall d'entrée y étaient poursuivis par les rats.

Non loin de lui, Stephen aperçut un couple de

vieilles gens qui se tenaient étroitement enlacés pour un dernier et désespéré embrassement, les rats leur dévorant les jambes et les fesses et finissant par réussir à les entraîner au sol où ils furent engloutis par la vermine.

Il vit encore un autre homme qui se tenait tout raide dans son siège, les yeux dans le vide mais comme fixés sur l'écran, vitreux. Deux rats festoyaient à l'intérieur du trou hideux qu'ils lui avaient creusé dans le ventre et l'estomac.

Un groupe de tout jeunes garçons avait formé une espèce de cercle. Bras dessus bras dessous et dos à dos, ils se dirigeaient vers la sortie en distribuant des coups de leurs lourds godillots dans toutes les directions. S'ils parvinrent ainsi à maintenir les rats en respect, ils n'allèrent jamais plus loin que la porte qu'ils trouvèrent bloquée par un amoncellement de spectateurs, vivants, morts ou agonisants.

Au balcon, les choses n'allaient guère mieux. Il n'y avait que deux portes de sortie et c'est par là que les rats s'engouffraient en un flot ininterrompu. Les gens qui s'y étaient d'abord portés en masse refluèrent dans le plus grand désordre et, trébuchant les uns par-dessus les autres, finirent par rouler par-dessus la barre d'appui pour s'abattre lourdement sur les spectateurs de l'orchestre, dix mètres plus bas.

Stephen continuait de sauter de fauteuil en fauteuil, sanglotant de frayeur. Il parvint enfin aux premiers rangs. Il y régnait un calme relatif, la plupart des rats et des spectateurs se trouvant désormais dans les allées latérales et autour des portes de sortie. Il sauta sur le sol et se dirigea vers la scène. Il parvint à y grimper et à reprendre l'équilibre. Il vit alors un véritable flot continu de corps couverts de fourrure noire courir droit sur lui, surgissant de derrière le rideau cramoisi. Il fit volte-face pour courir dans la direction opposée mais il glissa dans le sang qui dégoulinait de sa jambe blessée et s'abattit. En un clin d'œil les rats furent sur lui, écrasant son corps sous leur poids, sous leur odeur abjecte, jouant des coudes et des hanches, pour être les premiers à planter leurs longues incisives jaunes dans sa chair de seize ans. Il les battit de ses bras, de plus en plus faiblement puis, renonçant, il les replia sur son visage pour une ultime et dérisoire protection. Ce fut presque avec soulagement qu'il laissa les atroces créatures se repaître de sa chair et de son sang.

Levant un instant le bras qui protégeait ses yeux, et avant qu'ils ne fussent à leur tour dévorés, il eut le temps d'apercevoir sur l'écran une image qui ne parvint jamais à son cerveau : le mot « FIN ».

Il y avait quelque vingt ans que George Fox était employé par le zoo. Au contraire de bon nombre de ses camarades, il respectait profondément les animaux dont il avait la charge, il se faisait du souci lorsque l'un de ses lions n'était pas dans son assiette, cajolait sa gazelle favorite jusqu'à ce qu'elle accepte de manger et passa même une nuit blanche au chevet d'un serpent malade. Le jour où des blousons noirs avaient pénétré dans la volière et, sans autre raison qu'une cruauté sanglante, avaient massacré une trentaine de ses amis ailés aux brillantes couleurs exotiques, il s'était effondré et avait pleuré pendant trois jours et trois nuits. Il avait pour ses pensionnaires, grands ou petits, féroces ou dociles, une grande sympathie et une profonde compréhension. Et cette fois même où un singe lui avait arraché la moitié de l'oreille avec les dents, il y avait de cela quelques années, il ne l'avait même pas corrigé. Surmontant sa douleur, il l'avait doucement déposé sur le sol et était sorti de la cage, pressant un mouchoir trempé de sang sur sa blessure.

Or, ce soir-là, il sentait que les pensionnaires du zoo étaient agités. Il y avait dans l'air un calme, une tranquillité qui n'étaient guère habituelles pour le grand parc zoologique londonien et, en même temps, les animaux ne dormaient pas. En faisant sa tournée, il remarqua les pensionnaires qui arpentaient leurs cages de long en large, les singes peureusement serrés les uns contre les autres et fouillant la nuit de leurs yeux craintifs, les oiseaux clignant silencieusement des yeux sur leurs perchoirs. Seul le rire fou de l'hyène perçait le lourd silence de la nuit.

— Tout doux, Sara, tout doux, lança-t-il à l'adresse de sa favorite, un guépard femelle qui tournait en rond dans sa cage de la section des félins. Il n'y a aucune raison d'être nerveuse comme ça.

Soudain, des hurlements suraigus d'oiseaux percèrent la nuit. « On dirait que ça vient de la volière », se dit-il. Il courut au long du tunnel qui, passant sous la route, conduisait aux berges du canal où se dressait la remarquable maison des oiseaux. Un autre gardien le rejoignit à l'entrée du passage souterrain.

— Que se passe-t-il, George ? haleta l'autre homme.

— Je ne sais pas encore, Bill. Quelque chose a dérangé les oiseaux, ils ont l'air d'être devenus fous.

Ils pénétrèrent dans le tunnel mal éclairé, s'aidant de leur torche électrique. Quand ils en émergèrent, à l'autre extrémité, ils entendirent un cri aigu dans la direction du logement des girafes. A leur grande horreur, ils aperçurent l'une de ces gracieuses créatures qui faisait le tour de son enclos en courant, le corps couvert de formes noires. Elle finit par se jeter dans le fossé plein d'eau qui entourait sa pelouse et s'y agita follement.

— Bon Dieu ! Qu'est-ce que c'est que ça ? demanda Bill, peu sûr de ce qu'il avait aperçu à travers l'obscurité.

— Je vais te dire ce que c'est, moi, cria George. C'est ces foutus rats. Ceux qu'ils avaient soi-disant exterminés, les rats géants ! — Il fit plusieurs pas dans la direction de l'animal sans défense mais se ravisa et revint vers Bill. — Retourne au bureau, vite ! Appelle la police, dis-leur que le zoo est attaqué par les rats. Dis-leur qu'on a besoin de toute l'aide qu'ils pourront nous envoyer ! Dépêche-toi !

Il se remit à courir vers la girafe, conscient de son impuissance mais courant quand même. Il se retourna en entendant un hurlement humain en direction du tunnel, pour voir Bill en ressortir couvert d'un grouillement noir, quelque chose qui ressemblait à du sang jaillissant de sa tête. Il le vit s'effondrer, se redresser à demi puis tomber à tout jamais.

— Dieu tout-puissant !

Il fallait qu'il parvienne au téléphone. Il y avait un autre bureau, dans cette section, mais il n'en fallait pas moins traverser le tunnel plein de rats et passer le pont qui enjambait le canal, le canal d'où les rats provenaient, probablement. « Les salauds ! Il n'y a plus de rats, ils avaient dit. Ils sont exterminés, morts ou mourants ! Et voilà, les rats attaquent mes pauvres animaux ! Mes animaux ! »

Il poussa un gémissement, incapable de rien faire. Il finit par se décider pour un plan d'action, essayant d'ignorer les cris des animaux attaqués dans la section où il se trouvait. Il courut jusqu'à la haie qui séparait le zoo de la route et la gravit maladroitement. Il retomba lourdement de l'autre côté et il était encore à quatre pattes quand il aperçut les phares d'une voiture qui s'approchait. Il se jeta au milieu de la route, agitant les bras comme un moulin. Il crut d'abord que l'auto ne s'arrêterait pas, mais le chauffeur finit probablement par apercevoir son uniforme dans la lumière de ses phares et il écrasa sa pédale de frein. La voiture fit une embardée et s'arrêta dans un hurlement de pneus, tandis que George faisait un bond de côté pour ne pas être écrasé. Avant même que l'autre eut fini de baisser sa vitre, il lui vociférait des instructions :

— Appelez la police ! Vite ! Dites-leur que des rats, des centaines de rats attaquent le zoo. S'ils n'arrivent pas le plus vite possible, ces saletés vont massacrer mes animaux. Allez-y, Bon Dieu ! Vite, vite !

Alors que la voiture reprenait de la vitesse, une horrible pensée frappa l'esprit de George. Quand la police et l'armée seraient sur place, la seule arme

152

qu'ils pourraient utiliser serait le gaz. Aussi mortel pour les animaux que pour les rats. Avec un cri de désespoir, il traversa la route et se précipita vers l'entrée principale du parc zoologique. Alors qu'il en enjambait le tourniquet, il aperçut la silhouette de deux gardiens, en service de nuit, qui venaient à sa rencontre en courant.

— C'est toi, George? cria l'un des deux en lui envoyant le rayon de sa torche dans la figure.

— Oui, c'est moi! répondit-il en protégeant ses yeux de sa main en visière.

— Sors de là, George! Ça grouille de rats ici! Les rats géants! Ils attaquent les animaux!

— Non, il faut les libérer! Ouvrir les cages! On peut pas les laisser massacrer.

— Tu parles! On se tire, oui! On n'y peut absolument rien! Et tu vas venir avec nous.

Ce que disant, il saisit le vieux gardien par le bras et tenta de l'entraîner vers la sortie. George envoya un coup à l'aveuglette, faisant tomber la torche que tenait son collègue, puis il se dégagea de son étreinte et courut en direction des bureaux.

— Laisse tomber, Joe, dit le second gardien. Si on lui court après, on va se faire tuer nous aussi. Allez, on se tire.

A contrecœur, l'autre homme secoua la tête puis sauta par-dessus le tourniquet dans la rue.

George courait, ses poumons sur le point d'éclater, ignorant les silhouettes noires qui sortaient en flot du tunnel. Il gravit d'un bond les quelques marches qui conduisaient au bureau où l'on gardait les clés de toutes les cages. Le zoo était maintenant en proie au vacarme. Rugissements, hurlements, gloussements, caquètements, feulements, hennissements, beuglements y composaient une cacophonie infernale. Il se chargea d'autant de trousseaux qu'il en pouvait porter, sachant exactement ce à quoi chacun correspondait et il sortir du bureau, toujours courant.

Devant la cage du grand gorille, il s'arrêta, fasciné. Le puissant primate, le doyen du zoo, recouvrant son ancienne majesté, mettait en pièces les rats de ses mains formidables. Sa force immense lui permettait de briser tous les os de leur corps avant de les projeter en l'air comme autant de poupées de chiffons. Mais sa puissance même n'était rien devant la multitude. Les rats grouillaient sur tout son corps, rendus fous de rage par sa force, sa résistance. Ils finirent par l'entraîner au sol où il continua de se défendre bravement.

George observait le combat à mort de l'impressionnante créature, complètement fasciné ; mais le frôlement des formes noires, à ses pieds, le ramena à la réalité. Baissant les yeux, il vit que les épouvantables créatures passaient en courant à ses pieds, sans lui prêter la moindre attention. Fou de rage, il leur envoya des coups de pied mais, inexplicablement, ils continuèrent de l'ignorer, courant pour se repaître des animaux pris au piège de leur cage.

Le gardien commença à courir dans la même direction qu'eux, ouvrant toutes les cages en chemin. Nombre d'infortunés animaux n'en demeurèrent pas moins tapis tout au fond de leur refuge tandis que d'autres, apercevant une chance de salut, se jetèrent par les portes ouvertes. Les oiseaux étaient les plus chanceux : ils pouvaient s'envoler. Mais pour tous les autres, la vitesse de la fuite constituait la seule chance de survie. Les plus fiers choisirent de combattre, tuant un grand nombre de rats avant de succomber sous le nombre, mais la plupart choisirent la fuite. Quand ils atteignirent la clôture extérieure du zoo, ils se jetèrent contre, rendus fous par la terreur et la frustration. Les singes et les animaux les plus légers parvinrent à la franchir mais tous les autres entreprirent de la longer à toute vitesse, ou de se jeter désespérément contre elle.

Le vieux gardien était arrivé à la maison des félins. Les rats ne l'avaient toujours pas attaqué. Il n'avait pas le temps de se poser de questions à ce sujet, il était en proie à une telle inquiétude pour ses chers

154

pensionnaires, que sa propre sécurité lui était totalement indifférente. Il atteignit les premières cages au milieu de rugissements assourdissants — les félins exprimant ainsi à la fois leur peur et leur fureur. Sans hésiter, il ouvrit la cage des lions.

— Viens, Sheik, viens, Sheba !

Il leur parlait doucement, les invitant à sortir. Il reprit sa course, ouvrant toutes les cages, oublieux du danger. Apercevant plusieurs silhouettes noires à la porte de la fauverie, le lion poussa un rugissement de colère et bondit de l'avant. Il déchira la vermine à coups de griffes et de dents. D'autres rats entrèrent, toujours plus nombreux et d'autres félins se portèrent à leur rencontre : le tigre, le léopard, la panthère, le puma, le couguar, tous se joignirent au combat contre l'ennemi commun. Seule le guépard femelle restait dans sa cage.

— Allez, Sara, viens ! Il faut sortir, ma belle, disait George.

Mais le prudent animal grognait du fond de sa cage, découvrant les dents, levant une patte griffue.

— Voyons, Sara. Là, là, bonne fille ! Faut pas avoir peur, doucement doucement. Faut sortir ! — En désespoir de cause, il se glissa à l'intérieur de la cage. — Allez fifille ! Ce n'est que ce vieux George. Allez, doucement, tout doux, je viens t'aider.

Il s'approchait lentement de l'animal, la main tendue, marmonnant des paroles d'apaisement. Le guépard se tapissait dans le fond de la cage, grondant férocement.

— C'est moi, fifille, rien que George, le vieux George.

Le félin bondit sur le vieux gardien et, en quelques secondes, le transforma en une carcasse sanguinolente. Puis le guépard traîna triomphalement le cadavre tout autour de sa cage.

L'animal finit par sortir de la cage. D'un bond, il gagna la mêlée entre félins et rongeurs mais, au lieu de s'attaquer aux rats, il plongea ses crocs dans le garrot de la panthère. La vermine continuait de pénétrer à flot dans la fauverie où le formidable affrontement entre la puissance et la multitude se poursuivit jusqu'à sa conclusion inéluctable.

14

HARRIS manœuvra sa voiture à travers la constellation de véhicules militaires et de fourgons de police qui parsemaient Whitehall. A plusieurs reprises, un policier lui fit signe de s'arrêter et il dut montrer son laissez-passer. Il poursuivit son chemin jusqu'au bâtiment de granite gris du ministère des opérations. La traversée des rues désertes avait été étrange, plus qu'étrange. Les rares fois où il lui avait été donné de connaître un sentiment voisin c'était, il s'en souvenait, quand il rentrait, à l'aube, d'une quelconque beuverie avec des amis. C'est alors que les défilés de pierre et de béton de la ville retrouvaient un aspect presque minéral, vides de toute vie, où l'animation de la journée, la circulation intense de piétons et d'automobiles, paraissaient presque inimaginable. Encore était-il fréquent de croiser une automobile ou un cycliste attardé. Aujourd'hui, rien, il n'y avait rien eu du tout, pas trace de vie, pas même une patrouille militaire. Il savait pourtant que de telles patrouilles étaient fréquentes, pour s'assurer que la ville était vide, qu'aucun clandestin n'était resté. Au cours des deux dernières journées, les pillards avaient donné pas mal de fil à retordre. De vrais nécrophages qui avaient vu là l'occasion où jamais de s'enrichir sans problème. Et qui s'étaient d'ailleurs trompés : jamais la sécurité n'avait été aussi sévèrement assurée. Toute personne trouvée à

Londres sans autorisation était immédiatement arrêtée. Et la ville entière était pleine de policiers et de militaires dont la seule mission était de faire respecter les ordres du gouvernement.

— Tu crois que ça va marcher ?

Judy l'interrompit dans ses pensées.

Il se tourna vers elle, souriant mécaniquement, incapable de cacher son inquiétude.

— Il le faut, non ?

Il s'arrêta pour céder le passage à un lourd camion militaire qui sortait d'une rangée de véhicules kakis, tous semblables et chargés de soldats revêtus de lourdes combinaisons protectrices, le masque à gaz ballottant entre les genoux. Il en profita pour saisir la main de Judy et la serrer. En tant que membre du « comité d'action » nouvellement réorganisé, il avait été en mesure d'user de son influence pour garder Judy auprès de lui au lieu de la voir expédier à la campagne pour cinq jours. Non qu'il eût particulièrement souhaité qu'elle demeurât ; il y aurait probablement pas mal de danger à rester dans la ville ce jour-là (et les quelques jours qui suivraient). L'opération tout entière comportait bien des aspects imprévisibles. Mais c'est elle qui avait insisté pour rester à ses côtés et c'est pourquoi il avait usé de son influence pour la faire verser parmi le nombreux personnel administratif que nécessitait aussi l'opération.

Tout reposait sur un plan simple, proposé par Harris — l'idée qui lui avait valu de faire à nouveau partie du comité. C'était le genre d'inspiration qui ne pouvait venir qu'à un profane, une conception audacieuse et sans détour, radicalement étrangère aux subtilités de la démarche scientifique. Après le premier choc que leur avait causé la contre-attaque des rats, les membres du comité avaient sombré dans la confusion et le désespoir. La vermine se révélait rapidement immunisée contre le virus, encore que la maladie qu'elle transportait s'en fût trouvée considérablement adoucie. Mais les rats eux-mêmes étaient devenus encore plus forts, comme s'ils avaient brûlé d'un désir de vengeance et ils avaient commencé de semer le désastre dans l'ensemble de Londres, sortant partout de leurs repaires pour détruire et massacrer. Les attaques avaient été nombreuses, ce terrible mardi : un cinéma, un hôpital, un asile de vieillards — même un pub. Les animaux du zoo avaient été massacrés, à l'exception de ceux qui avaient pu s'enfuir dans les parcs environnants mais que, bien souvent, il avait fallu abattre faute de pouvoir les recapturer. Quant aux attaques d'individus isolés, on les avait dénombrées par centaines et toutes s'étaient soldées par la mort des victimes, écrasées par la multitude. Toute la nuit, les récits de destruction et de massacre s'étaient succédé.

Le gouvernement convoqua une réunion d'urgence du comité, en l'absence de Foskins — le premier ministre l'avait renvoyé dès que la nouvelle avait été connue, et personne ne devait le revoir au cours des journées confuses et folles qui suivirent. L'équipe originale se vit adjoindre un certain nombre de nouveaux membres, mais le nouveau plan fut mis sur pied avant que ce changement eût eu le temps de faire sentir ses effets.

Dès que Harris avait eu cette idée, il était venu l'énoncer, sans prendre le temps d'y réfléchir. Il songea plus tard que, l'eût-il fait, il n'aurait probablement plus osé parler, convaincu de sa trop grande simplicité et du fait que, pour peu qu'elle eût présenté de l'intérêt, l'un des nombreux savants membres du comité l'aurait eue avant lui.

Reposant sur ce qu'il avait appris au cours des réunions auxquelles il avait précédemment assisté, l'idée était, dans ses grandes lignes la suivante : puisque le gaz était la seule façon efficace connue d'en finir avec les rongeurs, il fallait les attirer à découvert, là où on pourrait les intoxiquer avec succès ; pour ce faire, on devrait utiliser des émetteurs à ultra-sons, placés à divers emplacements stratégiques et dotés d'une telle puissance d'émission qu'ils attireraient les rats du fond de tous leurs

159

terriers sur l'ensemble du territoire de la ville. Au grand ébahissement de Harris, son idée fut aussitôt adoptée, à quelques réserves près, quelques raffinements, pourrait-on dire, qu'il convenait de lui apporter. D'abord, il faudrait que tout Londres fût évacué. C'était une mesure radicale mais elle seule permettrait d'éviter d'immenses catastrophes. Les Londoniens devraient être transportés à la campagne, ne serait-ce que pour échapper à l'asphyxie, vu les énormes quantités de gaz qu'il faudrait utiliser. Sans compter que les milliers de rats qui allaient déferler sur la ville si le plan fonctionnait pouvaient faire des centaines de victimes parmi la population. On ne pouvait plus garantir la sécurité des citoyens. On construirait d'immenses clôtures autour des parcs de la ville et l'on placerait les émetteurs au centre. La fréquence à utiliser serait aisément déterminée par l'étude des spécimens de rats vivants dont on disposait maintenant. Une fois les rats dans les enclos, on fermerait toutes les issues et l'on répandrait les gaz mortels. Pour éviter les dangers d'asphyxie, le gaz serait répandu par hélicoptères. La troupe, munie de masques à gaz, encerclerait les parcs et, avec ses lance-flammes, ses canons à eau — et de nouvelles quantités de gaz — s'assurerait de l'extermination complète des rongeurs. On fixa un délai de six jours pour la construction des enclos et l'évacuation complète de la ville, à l'exception des personnels absolument requis pour le fonctionnement et l'entretien des services vitaux. Au-delà de ce délai, le risque de voir cette vermine prolifique envahir la totalité de la ville et commencer à se répandre à l'extérieur était trop grand. L'heure n'était plus aux enquêtes sur la nature, l'origine, la force, la taille, etc., des rongeurs. Comment s'étaient-ils multipliés malgré le virus, pourquoi étaient-ils tellement plus intelligents que les membres plus petits de leur espèce (qu'est-ce qui leur avait donné, par exemple, l'instinct de se tenir à l'écart tant que la maladie faisait des ravages parmi leurs congénères ?) ? Plus tard, il serait temps de répondre à toutes ces questions. Pour le moment, c'était une question de vie ou de mort.

Le jour même — le plan fut mis au point dans l'espace d'une nuit — la ville fut déclarée en état d'urgence. On informa les habitants qu'ils allaient être évacués par sections, encore que des milliers fussent déjà partis sans attendre qu'on les en priât, à l'annonce des événements de la nuit. Des mairies, des églises, des écoles — tous les bâtiments publics — furent réquisitionnés pour servir d'abris temporaires ; on dressa des tentes dans les champs ; ceux qui avaient des parents quelque part dans le pays furent priés d'aller provisoirement habiter chez eux ; on publia l'ordre d'abattre les pillards à vue ; toute personne trouvée à Londres sans autorisation à la fin du sixième jour serait instantanément arrêtée (on savait bien qu'il était illusoire de penser que toute la population serait évacuée sans exception, mais on espérait que les « resquilleurs » se terreraient chez eux, pour échapper aux lois d'exception et, par conséquent, aux dangers réels).

Le sud de la Tamise n'avait pas encore été atteint mais, par mesure de précaution, on décida d'en faire évacuer aussi la population.

Bien des gens protestèrent ; ils ne voulaient pas quitter leurs foyers, ils n'avaient pas peur, eux, etc. On ne leur laissa pas le choix — s'ils refusaient de partir de leur plein gré, on les évacuerait par la force, l'heure n'était plus aux politesses ni aux discussions. L'exil forcé durerait quinze jours à compter du jour de l'extermination par les gaz : il faudrait du temps pour s'assurer de la mort de tous les rongeurs jusqu'au dernier ; les égouts seraient totalement remplis de gaz ; les caves, les tunnels, les ruines, tous les repaires possibles et imaginables de la vermine seraient passés au crible, nettoyés, détruits, assainis.

Les barricades s'élevèrent autour des parcs à une vitesse remarquable. Elles étaient extrêmement hermétiques, étant plus destinées à contenir les gaz que les rats. Les routes qui sortaient de Londres se couvrirent de longues files de véhicules et les chemins de fer assurèrent vingt-quatre heures sur vingt-quatre des navettes avec les provinces environnantes. L'armée déferla sur la ville pour organiser des patrouilles dans les rues désertes et se préparer à cette mission peu ordinaire. On produisit à toute vitesse une masse énorme de combinaisons protectrices pour équiper la police et les militaires. Toute manifestation fut interdite et, le cas échéant, dispersée le plus pacifiquement possible.

Au début, on put croire que la ville ne serait jamais prête à temps pour le dernier acte puis, comme par miracle — et principalement grâce à la coopération du public, causée plus par la frayeur que par un quelconque civisme —, le cinquième jour tout fut presque prêt. On tint des conférences de dernière minute, on apporta au plan d'ultimes retouches, on donna les dernières instructions aux équipages des hélicoptères et aux diverses unités de l'armée et la longue veillée d'armes commença. Toute une nuit vide et, au bout, la bataille décisive.

Harris et Judy étaient restés éveillés le plus clair de la nuit. Ils avaient parlé, parlé, parlé ; fait l'amour, cherché à écarter de leur esprit l'idée de ce qui allait se passer. Ils avaient fini par sombrer dans un sommeil de plomb alors même que l'aube grise chassait les ténèbres de la nuit, avant la lente montée du soleil sur une ville étrangement calme.

A leur réveil, la fatigue les quitta comme par miracle à l'idée des événements qui les attendaient. Judy avait préparé un petit déjeuner qu'ils touchèrent à peine avant de se préparer à gagner les rues désertes. En ouvrant leur porte, ils avaient vu s'enfuir un gros rat noir. Ils s'étaient précipités dans la petite automobile que Harris avait fait démarrer aussitôt, s'attendant à apercevoir, dans son rétroviseur, une armée de rongeurs noirs lancée à sa poursuite.

Après s'être garés le long d'une Rolls rutilante ils

162

pénétrèrent dans les couloirs grisâtres du ministère, non sans montrer une énième fois leur laissez-passer. Au long des corridors interminables qui les menaient chacun à son bureau respectif, ils rencontrèrent un Howard rayonnant.

— Bonjour! Alors, parés pour le grand jour?

Il en frappait ses mains l'une contre l'autre d'enthousiasme.

— Autant qu'on peut l'être, sourit le professeur.

— J'ai passé toute la nuit ici. Quelques heures sur un lit de camp. Tout est en place pour la grande opération.

— Parfait.

— Je crois qu'il vaut mieux que je gagne mon poste, dit Judy. Ce n'est pas que le repérage des entrées d'égouts sur de vieilles cartes et leur report sur des cartes neuves constitue mon idée de la fête, mais si ça peut servir la cause...

Ils se tournèrent comme un seul homme vers la silhouette familière qui venait vers eux du fond d'un couloir en agitant la main. Quand la silhouette se fût approchée, ils furent ébahis de constater qu'il s'agissait de Foskins. Sans cravate, une barbe de cinq jours, mais les yeux pleins d'enthousiasme.

— Grand Dieu, qu'est-ce que vous fabriquez ici? demanda Howard en jetant des regards incrédules à l'ex-sous-secrétaire d'État.

— Je suis ici depuis mardi dernier, répondit-il, l'enthousiasme faisant peu à peu place à l'amertume. — Il rajusta le col ouvert de sa chemise et boutonna sa veste. — Avant notre dernier... euh... échec, j'avais commandé des recherches d'archives. Il s'agissait de fouiller la liste de tous les gens qui étaient entrés dans le pays, au cours des trois ou quatre dernières années, en provenance de pays tropicaux.

— Vous voulez dire le genre de pays d'où pourrait provenir ce type de rat — ou du moins quelque chose dans ce genre? demanda Howard.

— Précisément. Mais, malheureusement, nous avons tellement eu confiance dans la réussite de l'opération virus que cette recherche fut un peu oubliée. Je... Je dois reconnaître que je n'y pensais plus du tout dans l'excitation qui a suivi.

Il y eut un silence un peu gêné que Harris rompit :

— Et alors ?

— Et alors, après mon renvoi, j'ai pris le dossier qu'on m'avait préparé et je l'ai étudié moi-même.

— Pourquoi ? demanda Howard, froidement.

— Eh bien, à vrai dire...

— Aucune importance, interrompit Harris en jetant à Howard un regard de mépris. Qu'est-ce que vous avez découvert ?

— Les entrées ont été nombreuses, bien sûr, mais celles qui répondent à nos conditions sont relativement rares. Je me suis renseigné — j'ai encore des amis dans l'administration — et j'ai trouvé notre homme.

Il brandit une feuille de papier d'une main tremblante.

— Celui-ci. Le professeur William Bartlett Schiller, un zoologiste. Il avait passé plusieurs années en Nouvelle-Guinée et dans les îles voisines pour vérifier les racontars des populations sur la présence de prétendus animaux mutants. Cela paraît plausible dans le cas d'une île qui a été le théâtre d'expériences nucléaires et dont certains habitants ont été affectés par les radiations. Tout cela avait été étouffé, bien sûr, mais, d'une façon ou d'une autre, Schiller en avait entendu parler et avait décidé de faire sa petite enquête.

— D'accord, d'accord, dit Howard impatiemment, mais qu'est-ce qui vous fait penser que ce professeur a quoi que ce soit à voir avec les rats ?

— Mais, de toute évidence, le fait qu'il ait séjourné en Nouvelle-Guinée *et* qu'il ait étudié des anomalies animales.

Sous l'effet de la colère, Foskins redevenait presque l'homme qu'il avait été — qu'il avait été en public, en tout cas.

— Ajoutez-y qu'il est venu s'installer à Londres,

poursuivit-il. Près des docks. Dans une maison au bord du canal.

— Le canal ! s'exclama Harris. Bien sûr, c'est de cela que j'essayais de me souvenir. C'est là que les rats ont été aperçus pour la première fois. Keogh les a vus. Je les ai vus ! Près de la vieille maison de l'éclusier. J'y jouais quand j'étais gosse. Mais ils ont fermé le canal, et l'éclusier a déménagé. Je parierais que c'est cette maison que le professeur a reprise.

— Voici l'adresse, dit Foskins en lui tendant la feuille de papier.

— C'est bien ça.

— Oh, écoutez, intervint Howard, que nous importe le comment, désormais ? D'accord, ce prof cinglé a introduit en fraude un de ses spécimens mutants pour l'étudier...

— Et le faire se reproduire...

— D'accord, d'accord, le faire se reproduire. Et alors ? Ce renseignement n'est plus d'aucune utilité : l'opération va se dérouler comme prévu. Plus tard, peut-être nous pourrons examiner...

— Pourquoi pas maintenant ?

— Figurez-vous, monsieur Foskins, qu'il y a trop de choses importantes à faire aujourd'hui. A moins que vous n'ayez pas entendu parler de l'opération ?

— Mais si, bien sûr, mais s'il s'agit d'éradiquer...

— Je n'ai pas de temps à perdre pour ce genre de discussion, Foskins, vous voudrez bien m'excuser...

— Fichu imbécile ! Vous n'avez pas perdu de temps non plus pour vous perdre dans le paysage quand votre idée s'est révélée un fiasco !

— Ben voyons ! Vous en avez assez fait pour vous en attribuer tout le mérite ! Je ne vois pas pourquoi vous ne seriez pas tout aussi responsable de son échec.

Foskins pâlit, et tout son corps sembla s'affaisser.

— C'est entendu, vous avez bien raison. J'accepte mes responsabilités mais, je vous en supplie, que mes erreurs vous servent au moins à quelque chose ! Ne les reproduisez pas !

— Vous ne voulez donc pas comprendre que cela n'a pas d'importance pour le moment? Bon sang, mon vieux, nous pourrons nous livrer à toutes les enquêtes que nous voudrons *après*. Mais aujourd'hui, nous allons les détruire tous, vous comprenez? — Il se tourna vers Harris qui avait fait son possible, sans grand succès, pour ne pas sympathiser avec l'ex-sous-secrétaire. — Vous venez, Harris? Nous avons beaucoup à faire.

— C'est juste. — Il toucha le bras de Foskins. — On va s'en occuper, ne vous en faites pas.

« Et je ferai mon possible pour qu'il en retire au moins quelque bénéfice », songea-t-il.

Ils se dirigèrent vers le poste de commande des opérations, laissant Judy en compagnie du malheureux Foskins.

Quand ils pénétrèrent dans la grande pièce, la pensée du sous-secrétaire d'Etat se trouva instantanément rejetée de leur esprit. Au centre, une immense carte de Londres, où de grandes hachures vertes indiquaient les parcs et de petites lampes rouges l'emplacement des émetteurs. Quand les émetteurs entreraient en action, les petites lampes-témoins s'allumeraient. Des flèches jaunes indiquaient la position des hélicoptères et des bleues celle des troupes. La pièce était envahie d'une véritable foule. La plupart des gens présents avaient une mission précise à remplir mais il y avait aussi de nombreux observateurs. Harris remarqua le premier ministre, s'entretenant de quelques détails de dernière minute avec le chef d'état-major. D'un côté de la pièce s'entassaient des matériels de radio et de télévision : tout serait commandé d'ici, les instructions transmises par radio ou télé, des caméras placées à bord des hélicoptères retransmettant des images de la situation au fur et à mesure de ses développopements. L'événement entier devait être télévisé dans tout le pays et retransmis par satellite dans le monde entier. Le premier ministre avait senti que sa présence était vitale, non à l'opération, mais à sa propre carrière politique. Apparaître à la tête d'une opération d'une telle envergure — et ce sur les écrans du monde entier — était un privilège dont peu de chefs d'Etat avaient bénéficié ! Il disparut dans une pièce adjacente pour répondre aux questions des reporters.

Harris avait à peine entamé l'étude de la grande carte quand il aperçut Judy sur le pas de la porte. Elle était en conversation avec le sergent chargé de repousser les intrus et le montrait, lui, Harris, du doigt. Il les rejoignit.

— Qu'est-ce qu'il y a, Judy ?

— C'est Foskins. Il est parti pour cette maison, tout seul.

— Pour y faire quoi ?

— Je ne sais pas. Il disait qu'il fallait absolument qu'il fasse quelque chose — quelque chose pour se racheter, qu'il pourrait trouver le nid.

— Bon Dieu, mais il va se faire tuer !

Il sortit dans le hall, entraînant Judy par le bras.

— Qu'est-ce que tu comptes faire ? lui demanda-t-elle anxieusement, se doutant déjà de ce que serait la réponse.

— Il va falloir que j'y aille.

— Non, s'il te plaît, Harris, n'y va pas !

— Ne t'en fais pas. J'y serai avant lui — il va falloir qu'il cherche son chemin alors que je peux y aller tout droit, les yeux fermés. Je pourrai au moins l'empêcher d'y entrer.

— Mais, les ultra-sons... Ils vont commencer à émettre d'une seconde à l'autre, maintenant.

— Tant mieux. Je serai d'autant plus en sûreté. Les rats vont se précipiter vers les parcs.

— Tu n'en sais rien, ils pourraient t'attaquer.

— Je serai à l'abri dans la voiture. J'ai un masque à gaz et une combinaison — comme tout le monde.

— Je t'en supplie...

Il la prit dans ses bras.

— Je t'aime, Judy. — Il déposa un baiser sur son front. — Mais j'y vais.

15

HARRIS conduisait comme un fou, sachant qu'il
n'y avait aucune chance de rencontrer une autre
automobile. Il fut arrêté par une voiture de patrouille
de l'armée et perdit de précieuses minutes à montrer
son laissez-passer et à expliquer l'objet de sa mission.
L'officier finit par lui dire qu'il regrettait de ne
pouvoir l'accompagner mais il avait d'autres devoirs
à mener à bien. Il lui souhaita bonne chance et le
salua de la main quand il repartit.

Quand il atteignit Aldgate, il aperçut les premiers
rongeurs. Ils couraient le long de la route, un fleuve
ininterrompu de fourrures noires et luisantes. D'autres rats sortaient des immeubles et venaient grossir
le flot principal, se bousculant et se chevauchant dans
leur hâte.

Un bruit de verre brisé lui fit tourner la tête
brusquement et il vit, de la vitrine crevée d'un
restaurant, jaillir de nouveau les rats. Tous se
dirigeaient dans le même sens et il pensa qu'ils
allaient vers le parc de la Tour de Londres où l'un des
émetteurs avait été placé. Il poursuivit sa route,
conscient du fait que le flot de rongeurs ne cessait de
grossir. Heureusement, ils semblaient tous ignorer la
petite auto vrombissante. Il tourna dans Commercial
Road et freina brutalement. C'était comme si un
immense tapis roulant s'étalait devant lui. La vaste
avenue était entièrement couverte de rats, qui y

faisaient comme une chaussée mouvante et ondulante.

A cette vue, son cœur se glaça. La plupart des rats débouchaient d'une rue adjacente et disparaissaient dans une autre, de l'autre côté de l'avenue. La vaste masse noire pouvait bien avoir une cinquantaine de mètres de large, sans une seule faille. Devait-il faire demi-tour et trouver un autre itinéraire ? Les autres rues seraient-elles coupées de la même façon ? Et combien de temps allait-il perdre en détours ? Fallait-il qu'il tente de les traverser ? Que se passerait-il s'il calait et se retrouvait coincé au milieu des rats ? S'ils l'attaquaient, sa combinaison protectrice ne résisterait probablement pas longtemps à une telle masse ! Son instinct lui soufflait de faire demi-tour, de retourner se placer sous la protection des militaires, mais en regardant en arrière, il vit que sa retraite était coupée par d'autres flots de rats jaillissant des immeubles et des rues transversales. C'étaient comme les flots de lave en fusion que déverse un volcan. Rebrousser chemin serait désormais aussi dangereux.

Quelque chose atterrit sur son capot avec un bruit sourd qui lui fit tourner la têtc à nouveau. Un rat géant le fixait à travers son pare-brise, son museau malveillant presque à niveau avec son propre visage, à moins de soixante centimètres, séparé seulement par une fragile feuille de verre.

Cela le poussa à agir. Il passa en première et enfonça l'accélérateur en faisant quelque peu patiner l'embrayage pour gagner de la puissance. La voiture se remit à avancer, lentement d'abord puis plus vite au fur et à mesure qu'il lâchait l'embrayage. Le rat glissa le long du capot, cherchant à s'agripper avec ses longues griffes. La peinture lisse l'en empêcha et il retomba bientôt sur la chaussée.

Harris enfonça le pied sur l'accélérateur en se disant que ce serait comme la conduite d'une automobile sur une route coupée par une inondation : ne surtout pas s'arrêter, avancer lentement mais régulièrement. L'automobile atteignit le bord du fleuve et plongea au milieu des rats. Elle commença à cahoter, le bruit des corps écrasés, le craquement des os donnant la nausée au jeune professeur qui se força à garder les yeux fixés sur la route, devant lui, et le pied bien calé sur l'accélérateur. Les rats ne semblaient pas voir la voiture et ne faisaient pas la moindre tentative pour se garder de ses roues meurtrières. Plusieurs sautèrent par-dessus le toit ou le capot — il y en eut un qui se jeta contre la fenêtre qui se fêla mais ne se brisa pas. A deux reprises, la voiture glissa sur le sang qui détrempait ses pneus et Harris dut se battre pour maintenir une trajectoire rectiligne en priant le ciel de ne pas caler.

Il entendit un bruit sourd sur le toit, au-dessus de sa tête et un museau pointu apparut au sommet du pare-brise, remuant le nez de droite et de gauche, les griffes à plat le long de la vitre.

En une réaction instinctive, Harris se rencogna dans son siège, rejetant la tête en arrière. Son pied glissa sur l'accélérateur mais il enfonça aussitôt l'embrayage pour éviter de caler. La créature, sous l'effet du bond de la voiture, se retrouva sur le capot et fit volte-face pour affronter l'homme qui se trouvait à l'intérieur.

Elle semblait plus grosse encore que la plupart des rats géants, et Harris se demanda pourquoi elle semblait moins affectée que les autres par les ultrasons. Il reprit vite son sang-froid et se concentra sur la conduite, cherchant à ignorer le monstre qui lui jetait des regards étincelants de haine à travers la vitre.

Soudain, le rat se jeta contre le pare-brise, découvrant ses dents dont il se servit pour tenter de briser le verre. Le pare-brise tint bon mais le professeur savait qu'il ne résisterait pas longtemps à de tels assauts. Avec soulagement, il se rendit compte qu'il était presque arrivé de l'autre côté du fleuve de rats et il accéléra. Le rat se jeta à nouveau en avant, et une fêlure étoila le pare-brise. La voiture sortit enfin de la rivière de rats, et Harris passa immédiatement en seconde puis en troisième. Il savait qu'il lui fallait se débarrasser du monstre le plus vite possible, avant que le pare-brise ne vole en éclats et il se mit à tourner le volant de droite et de gauche, imprimant à sa voiture un balancement heurté qui ferait bientôt tomber ce passager indésirable.

Mais il était trop tard.

Le rat se jeta désespérément contre la vitre, comme s'il avait compris que c'était sa dernière chance et la vue de Harris se brouilla complètement : la vitre de sécurité était soudain devenue opaque et laiteuse, parcourue d'une myriade de petites cassures.

Puis Harris se retrouva nez à nez avec le rat. Ce dernier avait passé la tête à travers la glace et il se tortillait pour agrandir le trou et passer le reste de son corps puissant. Il découvrit ses incisives ensanglantées par le choc, les yeux exorbités par l'effort. Harris savait que dans quelques secondes, le verre lâcherait et le rongeur se précipiterait contre son visage découvert. Il enfonça le frein en sachant et craignant à la fois ce qui lui restait à faire. Alors que la voiture s'arrêtait en dérapant il enfila les lourds gants protecteurs de sa combinaison et ouvrit la portière. Il sauta à l'extérieur et contourna la voiture en courant, s'empara du corps répugnant et tira dessus de toutes ses forces. La soudaine fraîcheur de l'air sur son visage lui rappela la vulnérabilité de sa tête dépourvue du casque de protection et la panique accrut encore sa force et sa vitesse. Il arracha le rat à la vitre, lui entaillant profondément le cou.

Il le brandit au-dessus de sa tête et le projeta de l'autre côté de l'auto. Mais il était d'un poids qui le surprit et affaiblit son jet. Le corps du rat glissa le long du capot et percuta le sol avec force mais il se remit sur ses pattes à la seconde et se précipita sous la voiture à l'attaque du professeur. Harris se déplaça à toute vitesse mais il n'avait pas prévu que l'attaque viendrait de dessous sa voiture.

Comme il sautait sur son siège et claquait la portière, il ressentit une terrible douleur à la jambe. Baissant les yeux, il vit que le rat était attaché un peu au-dessus de sa cheville, le tissu solide empêchant les dents de pénétrer dans sa chair mais pas de lui infliger un pinçon cruel. Il tenta de s'en débarrasser d'une secousse mais l'animal serra encore les mâchoires, cherchant à grimper dans la voiture.

Harris le bourra de coups de poing sans résultat. Rentrant son pied à l'intérieur de la voiture, il claqua alors la portière à toute volée. Le rat poussa un cri perçant et relâcha sa prise. Son cou était coincé entre la portière et la carrosserie mais il continuait de se tordre en tous sens, les yeux vitreux, la gueule écumante. Harris tira de toutes ses forces sur la portière, jusqu'à ce que l'animal retombe, sans vie.

Quand il eut cessé de se débattre, il entrouvrit la portière juste assez pour que le cadavre tombe sur la route avec un bruit mou et la referma aussitôt. Il resta assis là, tremblant de tous ses membres, à peine soulagé puisque, de toute façon, il lui fallait continuer sa route. Les rugissements du moteur le ramenèrent à la réalité. Il avait pris garde de ne pas couper le contact et son pied inconsciemment enfoncé sur l'accélérateur avait emballé le moteur. Il releva le pied, élargit le trou du pare-brise, passa en première et accéléra lentement, au fur et à mesure que le sens de sa mission lui revenait.

Il rencontra encore beaucoup de rongeurs géants mais ne réduisit même pas sa vitesse pour traverser leurs rangs serrés quand ils lui barraient la route. Au moins, l'idée des ultrasons semblait efficace, songeat-il. La vermine sortait de tous ses repaires. La légende du charmeur de rats de Hamelin contenait peut-être une part de vérité, après tout. Sa flûte émettait peut-être des ultra-sons.

Il leva la tête pour regarder par la fenêtre en entendant le bruit du moteur d'un hélicoptère. Tout dépend maintenant de ces gars-là, songea-t-il — et de leur gaz.

Il quitta Commercial Road et se dirigea vers le canal désaffecté, le nombre des rats semblant maintenant diminuer. Quand il atteignit la rue qui longeait le vieux canal, il n'y aperçut pas la moindre trace de rat. Il découvrit une automobile et supposa que Foskins était arrivé avant lui. Il s'arrêta devant le haut mur derrière lequel il savait que se dressait la vieille maison, masquée par les frondaisons. Il resta assis un moment au volant, l'oreille tendue, hésitant à quitter la sécurité relative de son véhicule. Il prit son casque à visière de verre et sortit de l'auto. Il se tint là, inspectant les deux extrémités de la rue. Casque en main, prêt à le chausser à la première alerte, il gagna l'ouverture du mur que masquaient des planches, maintenant que la grille du portail avait disparu. Deux planches de la palissade avaient été écartées pour permettre le passage d'un homme.

Passant sa tête par le trou, Harris cria :

— Foskins, Foskins ! Vous êtes là ?

Silence. Solitude complète, silence total.

Avec un dernier regard dans la rue, le professeur mit son casque, pesta contre le sentiment de claustrophobie qu'il lui donnait aussitôt et s'engouffra dans le trou. Il se fraya un chemin parmi les ronces qui avaient envahi ce qui avait été un sentier. A travers la visière du casque, tout ce qu'il voyait lui semblait lointain. Il parvint devant la vieille maison qu'il connaissait bien et se tint devant sa porte d'entrée, close. Retirant son casque, il cria de nouveau :

— Foskins ! Vous êtes là ?

Il martela la porte, mais la maison resta silencieuse. « Merde ! Il va falloir que j'entre, songea-t-il. En tout cas, s'il y avait des rats, ils sont tous partis, maintenant. »

Il tenta de regarder à l'intérieur par une vitre brisée mais les arbres et la végétation masquaient une bonne partie de la lumière et il ne put rien voir dans l'obscurité. Il revint à sa voiture et se saisit d'une lampe-torche dans la boîte à gants. Il regagna ensuite la fenêtre de la maison et dirigea le faisceau de sa lampe à l'intérieur. Il n'aperçut que deux vieux fauteuils moisis et une lourde étagère de bois. Le remugle répugnant qui semblait plus fort que celui qui règne d'ordinaire dans les vieilles demeures abandonnées le fit reculer instinctivement. Il tenta d'ouvrir la porte d'entrée mais la serrure tenait bon et il gagna l'arrière de la maison.

Ce qui avait dû être la cuisine donnait sur le canal boueux. La porte en était vaguement de guingois. Une légère poussée et elle s'ouvrit. Son grincement troubla seul l'épais silence.

Il entra.

L'odeur qui agressa ses narines était telle qu'il remit son casque dans l'espoir qu'il agirait un peu comme un masque. L'évier contenait encore de la vaisselle, maintenant couverte de poussière; des toiles d'araignées masquaient les fenêtres et pendaient dans les coins; la cheminée contenait encore les cendres d'un dernier feu. Celui qui avait habité ici, qui qu'il fût, en était parti à l'improviste.

Harris gagna le hall d'entrée, allumant sa torche, alors qu'il aurait pu s'en passer. Il s'arrêta devant une porte. Quand il avait rendu visite à l'éclusier, au temps de son enfance, on ne lui avait jamais permis de l'ouvrir. Non que la pièce qu'elle commandait eût recelé aucun mystère. Mais l'éclusier disait que c'était son domaine privé : la chambre où il se reposait et lisait la presse du dimanche. Sans qu'il sache pourquoi, la pièce inconnue l'emplit d'appréhension, une peur épaisse enroula ses volutes au creux de son être. D'un geste nerveux, il tourna le bec de cane et enfonça la porte d'une poussée. Elle alla claquer contre le mur.

L'obscurité était presque complète, les rideaux de dentelle imprégnés de poussière ne laissant presque plus filtrer de lumière. Il balança le faisceau de sa torche contre les murs, cherchant sans savoir quoi et effrayé de ce qu'il pourrait trouver. La pièce semblait avoir été transformée en bureau. Un globe dans un coin, un tableau noir dans un autre ; sur les murs des planches représentant des animaux, des squelettes, des variations d'espèces. D'énormes volumes encombraient une bibliothèque. Au centre, un bureau jonché d'un entassement de cartes et de croquis.

Harris promena de nouveau le faisceau de sa lampe sur le tableau. A demi effacé, le dessin à la craie, difficile à distinguer dans la pénombre semblait bien être celui d'un — il retira son casque pour mieux voir et s'approcha. Oui, la tête pointue, le corps allongé, l'arrière-train ramassé, la longue queue — c'était un rat. Et pourtant — on voyait mal dans cette lumière avare — il présentait quelque chose d'étrange.

Un bruit, quelque part dans le sous-sol, détourna son attention.

— Foskins ! C'est vous ? hurla-t-il.

Silence. Puis il entendit quelque chose. Comme un faible frou-frou. Il courut jusqu'à la porte et appela encore Foskins. Silence, puis un choc sourd, provenant, semblait-il, de l'arrière de la maison, au sous-sol.

Il longea le hall, doucement, s'appuyant et se guidant sur le mur qu'il suivait de la main. En face de la cuisine s'entrouvrait une porte qu'il n'avait pas remarquée d'abord. Mais les souvenirs de son enfance lui revinrent : c'était la porte de la cave.

Il l'ouvrit toute grande d'une poussée et dirigea le faisceau de sa lampe sur l'escalier.

— Foskins ?

Il posa un pied hésitant sur la première marche et faillit vomir à l'odeur qui l'assaillit. Il remarqua que le bas de la porte avait été rongé. Si le zoologiste avait introduit des rats mutants dans le pays, c'est là qu'il devait les avoir gardés, se dit Harris. Il les a laissés se reproduire, il les y a aidés, peut-être. Mais que lui est-il arrivé ? Tué par ses propres monstres ? Lui mort, personne ne pouvait plus dominer leur formidable capacité de reproduction. De toute façon, la cave devrait être vide, maintenant. Les ultrasons les auraient attirés à l'extérieur, tous. Et pourtant, le rat qui l'avait attaqué, dans sa voiture ? Ça ne semblait pas avoir d'effet sur lui. Y en avait-il d'autres comme lui ? Que faire ? Rebrousser chemin ?

Non, il en avait trop fait déjà. Ce serait un gâchis stupide de s'arrêter si près du but. Il s'engagea dans l'escalier.

En arrivant au bas de l'escalier, il aperçut un mince rai de lumière qui filtrait un peu plus loin devant lui. Il promena le faisceau de sa torche sur le sol en direction de la lumière et découvrit un grand nombre d'objets blancs. Il eut un haut-le-cœur en y reconnaissant soudain des ossements — beaucoup semblant des ossements humains. S'il s'était bien agi d'un repaire de rats, ils devaient y avoir traîné leurs victimes pour s'en repaître en sécurité, ou peut-être pour nourrir leurs petits.

Il balaya les parois, de part et d'autre, du rayon de sa lampe et découvrit que des cages étaient disposées tout autour de la pièce, leurs portes de grillage ouvertes et pleines de trous. Elles étaient jonchées de paille et d'ossements. Il dirigea de nouveau sa torche vers le rai de lumière et comprit de quoi il s'agissait : il provenait d'une autre lampe électrique. C'était le genre de petite lampe de poche dont sont agrémentés certains porte-clés et qui émettent un mince rayon, suffisant à éclairer un trou de serrure. La minuscule lampe reposait sur le sol, à côté d'un corps allongé. Le cœur serré d'appréhension, Harris dirigea sa lampe sur le corps.

Les yeux sans vie de Foskins étaient fixés sur le plafond. Il était difficilement identifiable parce que son nez avait fait place à un trou sanguinolent et qu'une de ses joues était entièrement déchirée. Mais, d'instinct, Harris sut que c'était le sous-secrétaire. La moitié inférieure de son visage était couverte de sang et au niveau de sa gorge ouverte, écarlate, quelque chose remuait vaguement. C'était un rat noir qui se désaltérait avidement de son sang, avec des lapements, des bruits de succion avides, obscènes. Il s'interrompit quand le faisceau de la lampe le heurta de plein fouet, et ses deux yeux jaunes et malveillants lancèrent des éclairs.

Harris ne put s'empêcher de faire un pas en arrière et le faisceau de sa lampe découvrit alors le reste du cadavre mutilé. Les vêtements étaient en lambeaux, un bras semblait presque arraché du corps. Sur la poitrine découverte, un trou béait là où avait naguère battu un cœur. Un autre rat se tenait en travers du cadavre, la tête enfouie dans le ventre de l'homme mort, sa gloutonnerie l'ayant empêché de se rendre compte de l'arrivée d'un nouvel être humain. Dans son autre main, Foskins tenait une hache dont le fer était enfoncé dans le crâne d'un autre rat géant. Le cadavre d'un quatrième rat était allongé non loin de là.

La macabre scène était pour ainsi dire figée dans l'esprit de Harris, comme si son œil avait agi à l'instar d'un objectif de caméra et l'avait fixée pour toujours à la surface de son cortex dans une immobilité éternelle. Alors qu'il ne dut pas se tenir là plus de deux secondes, il eut l'impression que des siècles s'étaient écoulés, un vide dans le temps, une enclave d'éternité qu'on n'aurait pu mesurer en heures ni en minutes.

Dans son esprit glacé d'effroi, à travers l'engourdissement, la brume de l'horreur, Harris enregistra vaguement une autre présence. Une boursouflure indéfinissable gisait dans un coin éloigné, palpitant vaguement. Quelque chose de pâle et de hideux.

L'espèce de catalepsie qui le paralysait fut brusquement rompue quand le rat qui se trouvait à la gorge de Foskins se retourna pour bondir vers la lumière.

Harris recula en titubant, trébucha sur des ossements et atterrit à plat sur le dos. Il lâcha sa torche qui roula sur le sol, sans toutefois s'y briser. Allongé là, vaguement étourdi, il se rendit compte qu'il ne portait pas son casque protecteur et que celui-ci avait roulé hors de sa portée. Il sentit de lourdes pattes grouiller sur son corps, en direction de son visage exposé sans défense. Il parvint à saisir le rat à la gorge alors qu'il était sur le point d'enfoncer ses crocs dans sa gorge découverte. L'haleine fétide de la créature, à quelques centimètres seulement de son visage, accrut encore la terreur qui glaçait Harris. Le rat semblait encore plus gros et plus lourd que ses congénères, comme celui qui l'avait attaqué dans la voiture. Il roula désespérément sur lui-même, envoyant des coups de pied au hasard. Il eut la chance de heurter ainsi de plein fouet la tête de l'autre rat qui venait à la rescousse.

Ecrasant le museau effilé sur le sol, il le martela de son autre poing, mais les griffes du rat lui labouraient le corps à un rythme frénétique, l'empêchant de peser sur lui de tout son poids. D'un coup de ses mâchoires puissantes, le rat saisit le gant qui s'abattait de nouveau. Harris sentit quelque chose lui atterrir sur le dos et une douleur lancinante tandis que sa tête était violemment tirée en arrière par les cheveux. Il roula de nouveau sur lui-même, cherchant à écraser le rat sous son dos mais, dans ce mouvement, il dut lâcher celui qu'il tenait. Son truc réussit mais il sentit qu'on lui arrachait une poignée de cheveux quand il se redressa sur un genou.

Le premier rat lui sauta au visage, il tourna la tête à temps et ressentit une douleur aiguë quand les incisives aiguisées comme un rasoir lui entaillèrent la joue. Du revers de la main, il envoya le rat dinguer contre le mur d'en face où il s'abattit lourdement dans l'une des cages ouvertes. Il songea à la hache qu'il avait vue dans la main de Foskins et entreprit de s'en approcher en se traînant à quatre pattes, de plus en plus semblable aux hideuses créatures qu'il combattait.

Tendant la main vers la hache que sa torche tombée éclairait d'une lueur irréelle, il s'aperçut qu'elle était nue, ayant perdu son gant, sans défense contre les dents et les griffes de la vermine. Il eut le réflexe de la ramener contre lui pour la protéger de son corps, mais il s'appuyait sur sa main gantée, et sa vie dépendait maintenant de la vitesse à laquelle il parviendrait à s'emparer de la hache. Il tendit de nouveau la main et, comme il allait saisir l'arme, des dents effilées se refermèrent sur ses doigts, les secouant furieusement.

Avec un hurlement, il se remit debout, tirant sa main à lui. Le rat retomba sur le sol, deux doigts entre les dents.

Il fut ébahi de ne ressentir nulle douleur, la terreur, la commotion engourdissaient son esprit auquel les messages du monde extérieur ne parvenaient plus que brouillés, à travers une brume sanglante. Il tituba en direction de la porte. Que lui importait Foskins, la défaite des rats ! Il voulait fuir, fuir ce cauchemar. Il fut jeté par terre quand l'un des deux rats se jeta sur son épaule. Il tomba sur une cage et roula derrière, délogeant le rat dans ce mouvement. Le désir de s'accroupir, de se tasser sur soi-même et de laisser la mort venir submergea son esprit harrassé mais avec un rugissement, un hurlement ou un sanglot de rage — il ne se rappela jamais exactement — il se remit sur pied et se saisit du rat. Il l'attrapa par ses pattes de derrière et le souleva du sol. Le second rongeur avait sauté après sa cuisse et il le sentit planter ses crocs à travers le tissu de la combinaison. Quand il sentit couler son sang chaud le long de sa jambe, il sut que la combinaison avait cédé. Cela ne fit qu'ajouter à la fureur qui le possédait, ajoutant encore à sa force — pas la force d'un fou non, car son esprit était désormais froid et calculateur, protégé de la souffrance — mais la force d'un homme refusant d'être vaincu par une créature répugnante et inférieure.

Il rejeta tout son corps en arrière, entraînant le rat qu'il tenait, dédaignant celui qui lui fouillait la cuisse. Il éleva aussi haut qu'il put la créature qui se débattait et la fracassa contre le mur de toute sa force. Etourdi, le rongeur émit un cri aigu, semblable à celui d'un enfant mais il continua de se tordre et de se débattre entre ses doigts. Il le projeta de nouveau contre le mur et, cette fois, grogna de satisfaction en entendant craquer les os quand le crâne étroit heurta le ciment. Il le jeta loin de lui, le plus loin possible, ne sachant pas s'il vivait encore.

Tendant les mains, il tira sur celui qui mordait sa cuisse. Mais la douleur était devenue insupportable. Soulevant le corps qui se tordait en tous sens il tituba en direction du cadavre de Foskins. Il se laissa tomber à genoux, s'évanouissant presque sous l'effort et la souffrance, mais il parvint à se traîner encore. Dans un suprême effort il rampa jusqu'au cadavre et s'allongea, pantelant, contre lui. Son poids contraignit le rat à le lâcher mais il passa aussitôt à une nouvelle attaque. Harris roula sur le dos, replia les genoux et lança ses deux pieds en avant. Le coup envoya le rat dinguer de l'autre côté de la pièce et lui accorda un répit suffisant pour se remettre à genoux.

Il se saisit de la hache et en arracha le fer du cadavre du rat. A sa grande horreur, il s'aperçut que la main de Foskins était fermement agrippée au manche. De sa main gauche blessée, il s'empara du poignet du cadavre et dégagea le manche en le faisant pivoter de sa main valide. Il fit volte-face juste à temps pour attendre la charge de l'animal noir qui courait vers lui, l'écume aux dents, les yeux exorbités de haine. Le rat bondit, la hache s'abattit. L'animal s'affaissa en tas aux pieds de Harris qui venait de lui trancher la tête.

Harris s'effondra, le front à toucher le sol, mais un nouveau bruit le rappela à la réalité. Levant les yeux, il vit le second rat, celui qu'il avait jeté loin de lui et dont il croyait avoir fracassé le crâne contre le mur, ramper dans sa direction. Il était grièvement blessé, presque mort, mais il trouvait encore la force, la haine, de venir à sa rencontre, laissant une traînée de sang derrière soi.

Il rampa à sa rencontre et le rat leva son ignoble tête, découvrit ses dents jaunes et produisit avec la gorge une espèce de grognement. Harris comprit qu'il avait les reins brisés mais il continuait d'avancer, déterminé à l'attaquer encore.

Quand ils ne furent plus qu'à quelques centimètres l'un de l'autre, il se leva sur les genoux et brandit la hache au-dessus de sa tête. L'arrière-train du rat trembla : il essayait de rassembler ses dernières forces pour un bond que sa colonne vertébrale brisée rendait de toute manière impossible. La hache s'abattit à toute volée, l'épine dorsale fut sectionnée, les artères tranchées.

Epuisé, le professeur s'effondra sur le sol.

Il ne savait pas depuis combien de temps il était allongé là — cinq minutes, cinq heures ? Il retira son gant et scruta le cadran de sa montre. Cela non plus ne lui apprit rien car il n'avait aucune notion du temps qu'avaient pu occuper les affreux événements qu'il avait vécus auparavant. La douleur de sa main était devenue atroce, plus aiguë encore que les élancements de sa cuisse. Tout son corps lui faisait mal et sa joue était poisseuse de sang. Un éclair de douleur lancinant porta sa main valide à son oreille et il découvrit avec effroi que le lobe était absent.

— Bon Dieu, articula-t-il. — Mais il était vivant et une chaleur légère emplit tout son être. — Les vaccins qu'on m'a faits empêcheront la maladie de se développer, se rassura-t-il. Il faut simplement que je sorte de ce foutu trou.

Il s'assit et, dans ce mouvement, sa main frotta le cadavre de Foskins. « Pauvre type, songea-t-il. Il a dû se battre comme un beau diable pour arriver à tuer deux rats. Il avait raison, il a découvert le nid, bel et bien. C'est ici qu'ils ont dû commencer à se reproduire. »

Un bruit fit se raidir tout son corps. Le raz de marée de la peur le balaya de nouveau. Mon Dieu, n'est-ce donc pas fini ? Il chercha rapidement des yeux la hache, la découvrit plantée encore dans le cadavre du dernier rat et l'en arracha avec un « han ! »

Le bruit était geignard, un étrange gémissement étouffé. Il provenait de l'angle le plus éloigné de la pièce.

Tout à coup, l'esprit de Harris revint en arrière. Au moment de la découverture du cadavre de Foskins. Il revit l'étrange cliché qui s'était alors imprimé dans son cerveau. La pâle boursouflure qui palpitait dans un coin.

Il y avait maintenant comme de petits frottements.

Il rampa jusqu'à sa torche qui, heureusement, fonctionnait encore, bien que son faisceau commençât à diminuer. Est-ce que j'ai encore assez de force en cas de nouvelle attaque, se demanda-t-il. Il en doutait. Son intention était de reprendre la torche et de remonter l'escalier puis de gagner la rue aussi vite que possible.

Mais quand il eut la lampe en main, la curiosité l'emporta, aucune agression ne semblant se préparer. Il dirigea le pinceau lumineux en direction des bruits. Il y avait quelque chose, là. Quelque chose de blanc ou de gris, qui bougeait vaguement. Deux yeux lui renvoyèrent le reflet de sa lampe. Des yeux étroits. Lumineux. Il s'en approcha lentement.

Comme il s'approchait, son corps tout entier fut agité de violents tremblements tant était répugnant le spectacle que ses yeux découvrait. Il s'immobilisa à un mètre environ de la chose, combattant une furieuse envie de s'enfuir, s'obligeant à regarder.

Sur la paille, devant lui, rencognée dans le coin le plus sombre et le plus reculé, entourée d'ossements humains, se tenait la créature la plus effarante qu'il eût jamais vue en rêve ou en réalité. D'une certaine manière, cela ressemblait vaguement à un rat, un rat énorme, gigantesque, beaucoup plus grand que tous ceux qu'il avait vus jusqu'ici. La tête était effilée, le corps allongé malgré son obésité, et il apercevait une longue queue épaisse vers l'arrière. Mais là s'arrêtait la ressemblance.

Le corps entier semblait parcouru de pulsations spasmodiques ; il était pratiquement dépourvu de poils, à l'exception de quelques soies grises, çà et là ; il était entièrement blanc, ou gris-rose, on pouvait mal le distinguer dans l'obscurité, et ses veines étaient apparentes, obscènes sous sa peau translucide, pulsant au même rythme que le reste. Harris pensa à une espèce de gros œil arraché à son orbite et vaguement écrasé, injecté de sang. Il déglutit à plusieurs reprises pour combattre la nausée qui le gagnait.

Il regarda dans les yeux aveugles. Pas de pupilles. Deux minces fentes jaunes et luisantes. La tête se balançait mollement d'un côté sur l'autre, reniflant l'air, ce qui semblait constituer sa seule manière de le situer, de l'identifier, lui, Harris. La créature dégageait une odeur putride, atroce, presque vénéneuse. Une forme oblongue sur le côté de la tête, intrigua Harris. Surmontant sa répulsion, il s'avança d'un pas, comprenant que la bête, obèse, était incapable de bouger.

La bosse était presque de la même taille que la tête à laquelle elle était adjacente et, elle aussi se balançait d'un côté sur l'autre. Il s'approcha encore, braquant sa torche et discerna ce qui lui semblait bien être — une bouche !

Horreur. La chose avait deux têtes !

Harris recula en titubant avec un cri d'horreur. La deuxième tête n'avait pas d'yeux, mais une bouche avec des moignons de dents. Pas d'oreilles, mais un museau pointu qui se tordait en reniflant.

Les gémissements de l'obscène créature se firent plus forts et elle s'agita mollement dans son berceau de paille. Mais elle était incapable de se déplacer. Elle sentait le danger et se savait sans défense. Les rats géants que Foskins puis Harris avaient combattus et tués étaient ses gardiens. Les gardes du roi. Ils étaient morts maintenant et le roi était sans protection, vulnérable.

Avec un sanglot, Harris brandit sa hache et s'avança en trébuchant vers le monstre. Il était en proie à la terreur mais il savait qu'il *devait* le tuer, le détruire. Il ne pouvait s'en remettre aux autorités. On voudrait le garder vivant pour l'étudier. C'était une rareté, un monstre fascinant pour la science. Mais lui, Harris, ne dormirait plus jamais en paix jusqu'à ce qu'il fût mort, détruit. Et puisqu'il fallait le tuer — cette tâche lui revenait.

Il s'avança encore, et la créature se tassa. Le monstre aveugle aurait voulu fuir mais il avait été trop glouton, il dépendait trop de ses sujets. Il était trop lourd, trop vieux, sans défense.

Le corps éclata comme un hideux ballon gonflé de sang rouge sombre. Harris fut couvert du liquide poisseux, épais, mais il continua de porter des coups à la chair palpitante, en proie à une rage qu'il n'avait encore jamais ressentie.

— Tiens ! hurlait-il à chaque coup qu'il portait à la créature agonisante. Pour tous ceux qui sont morts par ta faute ! Pour les salauds, pour les innocents — pour les rats tes semblables !

Il s'acharna sur les deux têtes, réduisant en bouillie hideuse les deux cervelles qui avaient régné sur l'ensemble de leurs congénères.

— Et pour moi ! Pour moi ! Pour que je sache que l'ordure peut toujours être combattue ! Et vaincue ! Han !

Après un ultime coup il tomba à genoux et se mit à sangloter.

Bientôt, il s'essuya les yeux et se remit debout. Après un dernier regard à l'obscène tas de chair morte il tourna les talons et quitta la cave en titubant, ignorant le cadavre de Foskins, vide de toute émotion.

Il traversa la cuisine et sortit dans le soleil. Il se tint quelques instants au bord du canal et aperçut dans le ciel des nuages de gaz bleu. Il avait confiance : le gaz ferait son effet. Il prit une profonde inspiration, cherchant à chasser de ses narines l'abjecte odeur de

184

la cave. La douleur, dans sa main, le fit frémir et il examina les moignons de ses doigts. Son cœur lui fit mal soudain. Il voulut revoir Judy. Il voulait revoir des hommes. Sa place était parmi les autres hommes.

Il fit volte-face et longea le sentier. Chauffé par le soleil, son corps ne tremblait plus. Il franchit la brèche, dans la palissade qui masquait le portail absent et se retrouva dans la rue. Il monta dans sa voiture, démarra et s'éloigna lentement de la vieille demeure.

ÉPILOGUE

IL y avait cinq jours que le rat était prisonnier de la cave. C'était une femelle. Elle était allée se cacher dans un coin, derrière de vieilles étagères, pour mettre bas puis, quand elle avait voulu répondre à l'appel qui s'était mis à résonner dans sa tête, elle s'était trouvée coincée par une lourde porte de fer. Le son n'avait pas cessé pendant cinq jours. Lancinant, monotone, étal, il avait presque rendus fous la mère et ses petits. Mais ils avaient trouvé de quoi se nourrir en abondance car les habitants de la maison avaient contrevenu aux ordres du gouvernement en gardant des provisions et en fermant leur cave qui, ainsi, ne put être nettoyée. Ils avaient prévu — c'était de petits commerçants avisés — qu'au retour de la population, il y aurait de gros problèmes de ravitaillement pendant les quelques premiers jours, avant que les choses ne reviennent à la normale et ils comptaient bien s'enrichir avec un peu de marché noir. Les rats se gorgèrent de nourriture. Les petits grandissaient et grossissaient chaque jour. Ils étaient déjà brun foncé, presque noirs. A l'exception d'un seul. Seuls quelques poils blancs piquaient son corps rose, presque blanc. Apparemment, il dominait les autres qui lui apportaient sa nourriture et se relayaient pour maintenir la chaleur de son corps en l'entourant du leur. Adjacente à sa tête, juste devant

G-30040 (04-89)

DÉTACHER LE TALON SUIVANT LE POINTILLÉ AVANT DE CACHETER L'ENVELOPPE

Pour assurer l'acheminement rapide de votre paiement :

1. Inclure la partie supérieure de votre relevé.
   (Bien inscrire le montant du paiement dans l'espace prévu.)

2. Indiquer votre numéro de compte **VISA* OR** au recto du chèque ou du mandat.

3. Détacher le talon réservé au changement d'adresse et cacheter l'enveloppe.

Merci.

*C.D.T.C. Inc., usager inscrit de cette marque.

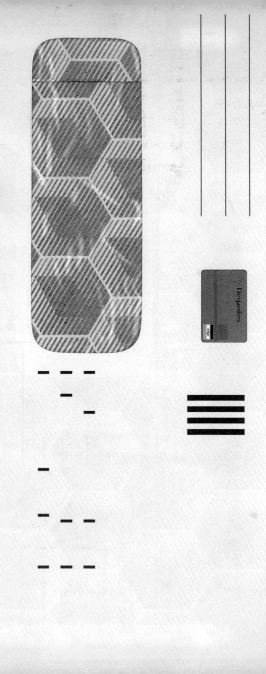

le garrot épais, une étrange excroissance, comme une bosse, avait fait son apparition.

Patiemment, ils attendaient le retour de la population.